LA DAME

DE

SAINT-BRIS

CHRONIQUES

Du Temps de la Ligue.

→→ 1587 ←←

PAR M. MORTONVAL,

AUTEUR DE FRAY EUGÉNIO,

DU TARTUFE MODERNE, DU COMTE DE VILLAMAYOR, etc.

TOME PREMIER.

PARIS.

AMBROISE DUPONT ET Cie, LIBRAIRES,

RUE VIVIENNE, n° 16.

—

1827.

LA DAME

DE

SAINT-BRIS.

TOME I.

LA DAME

DE

SAINT-BRIS

CHRONIQUES

Du temps de la Ligue, 1587.

PAR

M. MORTONVAL.

TOME PREMIER.

PARIS.

AMBROISE DUPONT ET CIE, LIBRAIRES,

RUE VIVIENNE, N° 16.

1827.

LA DAME

DE

SAINT-BRIS.

~~~~~~~~~~~~~~~~~~~~~~~~~~~~~~~~

LA GUERRE DES TROIS HENRI.

···•·•··

INTRODUCTION.

Le fameux astrologue Luc Gauric avait prédit que Henri II serait tué dans un combat singulier, vers sa quarantième année. Il arriva qu'à peu près à cet âge, joutant, à la fin d'un tournois, contre le comte de Montgomeri, capitaine de sa garde écossaise, le roi fut frappé à l'œil droit par l'éclat d'une lance, et qu'il mourut des suites de ce coup. Aux yeux de la crédule Catherine de Médicis, veuve de ce monarque, le sinistre arrêt du destin parut accompli à la lettre. Elle n'ajoutait déjà que trop de foi aux rêveries des devins; parmi tous ces charlatans dont elle aimait à s'entourer, le Florentin Cosme Rugieri était celui de qui les paroles ambiguës exerçaient le plus d'empire sur son imagination, et l'agitaient plus aisément d'une terreur respectueuse; il prétendait avoir lu dans les astres que tous les enfans de cette reine porteraient infailliblement la couronne. De ce moment, elle se

crut menacée de voir François II,
Charles IX et Henri III périr sans
postérité et laisser le sceptre au duc
d'Alençon, celui de ses quatre fils
qu'elle aimait le moins.

L'événement ne tarda guère à con-
firmer ses craintes; peu d'années s'é-
taient écoulées depuis la terrible sen-
tence, et la reine-mère avait pleuré
sur François mort à la fleur de l'âge;
Charles s'éteignait à vue d'œil, en
proie aux remords et à la noire mélan-
colie qui le dévoraient depuis le massacre de la Saint-Barthélemi. A ces premières atteintes des malheurs prophé-
tisés à sa maison, Catherine, le cœur
déchiré, se débattant douloureusement contre une affreuse conviction,
s'enhardit à pénétrer dans le redoutable sanctuaire du Dieu qui la pour-

suivait, résolue à l'interroger elle-même. C'est alors qu'elle fit construire cette colonne que l'on voit encore à Paris sur l'ancien emplacement de l'hôtel de Soissons qu'elle habitait (1). Là, montée sur le faîte avec Cosme Rugieri, elle crut apprendre de lui l'art d'observer avec fruit la marche des planètes à travers les constellations du zodiaque, et d'arracher au ciel, par cette étude approfondie, le secret des destinées humaines.

Quels furent les transports de la joie de Catherine, en s'imaginant avoir découvert ainsi le fond du mystère caché sous les voiles nébuleux de l'oracle qui l'avait épouvantée! C'était dans le nord que deux de ses fils étaient appelés à

_____

(1) Aujourd'hui la Halle aux Blés.

régner! Bientôt, en effet, la couronne élective de Pologne fut offerte au duc d'Anjou; et des intrigues habilement conduites à la cour d'Angleterre préparèrent la reine Élisabeth à recevoir favorablement la proposition d'épouser le duc d'Alençon.

Tout semblait sourire aux vœux de Catherine; cependant l'inflexible destin, qu'elle croyait désarmé, l'avertit par un nouveau coup de la fragilité de ses espérances. Charles IX mourut sans enfant mâle, peu de temps après le départ de son frère, qui s'échappa de Pologne, et vint monter au trône paternel, sous le nom de Henri III. A peine de retour, ce prince, âgé de vingt-trois ans, épousa Louise de Lorraine; mais ce fut en vain que la reine-mère et le

couple royal fatiguèrent le ciel de
leurs prières pour obtenir un héritier ; Henri et Louise multiplièrent
sans fruit les pélerinages à pied de
Paris à Chartres; *Notre - Dame* fut
sourde. Les processions, en habits de
pénitent, n'eurent pas plus de succès;
les flagellations, les chapelets de têtes
de mort, les dons magnifiques aux
couvens, les retraites aux Minimes de
Vincennes, tout fut mis en usage,
rien ne servit. Les années se succé-
daient; la France perdit enfin l'espoir
de voir revivre, dans la postérité de
Henri III, l'héroïque maison de Valois.

Catherine seule, toujours préoc-
cupée de ses chimères astrologiques,
nourrissait cette douce espérance; les
astres continuaient à lui promettre que

son dernier fils régnerait sur un peuple étranger. Mais Élizabeth hésitait à se déclarer en faveur du jeune prince; et pour forcer le consentement de cette reine orgueilleuse et romanesque, il était nécessaire que le duc d'Alençon se montrât, par quelque action d'éclat, digne du glorieux hymen auquel il aspirait.

À cette époque, les Pays-Bas, mutinés contre Philippe II, combattaient, avec des succès balancés, une armée espagnole commandée par le prince de Parme; et les peuples de ces provinces imploraient le secours de la France. Catherine, saisissant cette occasion de mettre le duc d'Alençon en évidence, persuada sans peine le conseil de Henri III, où son influence était encore toute puissante, que la

politique conseillait d'embrasser le
parti des Flamands : d'abord pour af-
faiblir et occuper chez lui un voisin
trop puissant; ensuite afin d'offrir un
aliment hors du royaume à la dévorante activité des factions, dont les
guerres intestines déchiraient, depuis
vingt ans, le sein de la patrie, sous
le prétexte de la religion. C'était faire
revivre le projet de l'amiral Coligny.

Le roi, docile aux avis de sa mère,
parut d'abord prompt à entrer dans
ses idées; il promit de favoriser
l'expédition du jeune duc. Mais
d'autres intrigues ayant bientôt traversé celle-là, et fait avorter le projet,
le duc d'Alençon, devenu l'objet des
railleries et des outrages des mignons,
s'irrita, s'évada de la cour et alla se
jeter dans les bras des huguenots, à

la tête desquels s'étaient mis le jeune roi de Navarre, qui fut depuis notre Henri IV, et les princes de Condé et de Conti. Aussitôt Catherine courut sur les pas du fugitif, lui prodigua les caresses et les dons, et, triomphante, le ramena au Louvre, où il reparut sous le nouveau titre de duc d'Anjou, du nom de l'apanage qui venait de lui être accordé; ce don magnifique et une foule d'autres faveurs l'avait détaché de la cause des princes, qui furent contraints à faire la paix.

En dépit de cette réconciliation, la mésintelligence subsistait toujours entre les deux frères, et Henri III refusait de donner son consentement à l'expédition de Flandre. Indignés de ces retardemens qui apportaient des entraves au mariage avec Élisabeth,

la reine-mère et le duc d'Anjou sus-
citèrent, à force de cabales et de bri-
gues, une nouvelle guerre civile.
Tout leur était bon pour arriver au
but; ils imaginèrent de mettre en jeu
les passions de la jeune noblesse qui
formait à Nérac la cour de la reine
de Navarre, fille de Catherine. Des
lettres d'amour interceptées à Paris
compromettaient fortement la prin-
cesse; elles furent adressées ouvertes
au roi son époux. Henri de Bourbon
éclata en reproches, Marguerite jeta
les hauts cris, et protesta de son in-
nocence; les femmes de cette petite
cour excitèrent les jeunes gentilshommes à s'armer pour venger l'honneur d'une belle reine contre ce qu'on
appelait les calomnies des mignons de
Henri III, et bientôt tout s'agita dans

le midi de la France. Cette fois, ce furent les protestans qui se mirent les premiers en campagne ; ils attaquèrent au nom de *la religion*, on se mit en défense en invoquant la *religion*; mais dans les deux camps, à la cour, à la ville, on n'appelait ce remuement que la *Guerre des amoureux*.

C'était au printemps de 1580. Henri III s'effraya de ce bruit d'armes qui menaçait de troubler ses plaisirs; c'était ce qu'on voulait. Aussitôt le duc d'Anjou intervint; il promit à son frère de courir aux rebelles et de tout pacifier promptement, mais à condition qu'on lui accorderait enfin une armée pour son expédition des Pays-Bas. Le traité fut accepté; le roi fit de nouveaux sacrifices aux huguenots; on vit la paix renaître un moment dans le midi, et la guerre ne tarda pas à s'allumer du côté de la Flandre. L'entreprise du duc d'Anjou, mal concertée, plus mal conduite, eut une issue malheureuse; et ce prince, qui n'en rapporta que de la honte, vint mourir à Château-Thierry, de regret, d'autres disent empoisonné, vers la fin de 1584.

L'effet le plus désastreux de cette funeste tentative fut d'irriter profondément le sombre et vindicatif Philippe II. Pendant que cette guerre occupait une armée française au dehors, il avait redoublé d'activité pour attiser dans l'intérieur le feu des discordes civiles. De concert avec Rome effrayée des progrès du protestantisme, ce monarque était parvenu à fomenter, jusqu'à l'exaspération, le mécontentement des seigneurs catholiques, furieux des concessions arrachées par les huguenots à la faiblesse de Henri III. En effet, ce prince, qui ne soupirait qu'après les loisirs de la paix, l'avait achetée d'eux par des traités beaucoup trop avantageux pour des ennemis en armes. Il ne comprenait pas que le seul moyen efficace pour les engager à les poser à jamais, c'était de leur accorder franchement le libre exercice de leur religion, comme fit avec succès Henri IV peu d'années après; et non pas de leur livrer des forteresses et des villes de sûreté, pour la garantie d'une trève dont le terme devait être le signal de nouveaux combats, avec un avantage de plus pour eux.

Les princes lorrains, mettant à

profit les fautes de Henri III, s'étaient
placés à la tête des prétendus *catholiques zélés*, et pressaient le roi, au
nom de ce parti puissant, de faire une
guerre d'extermination aux huguenots;
ils s'offraient à la diriger, à lui en épargner les fatigues et les dangers. Henri
demandait, avant tout, de l'argent
pour l'entreprendre; le clergé, les
parlemens et le peuple refusaient d'en
donner, trop certains que les trésors
confiés au roi pour solder des armées
seraient encore livrés à l'insatiable
avidité de ses favoris.

De part et d'autre on ne parlait que
de religion; mais chacun couvrait de
ce masque des vues ambitieuses, la
soif des richesses et de l'agrandisse-
ment, surtout le dessein de tirer parti
de la molle indolence et de l'incapa-

cité du roi. L'hypocrisie avait alors
un caractère particulier; ce n'était pas,
comme sous un prince dévot, l'affec-
tation d'une vie sage et régulière pour
attirer les regards du maître seul arbitre des grâces et des faveurs; l'encens de cette flatterie ne montait pas
vers le trône à cette époque, il s'a-
dressait au contraire au plus bas étage
de la société; c'était un hommage
aux passions populaires, une sorte de
reconnaissance de la souveraineté du
peuple, mais d'un peuple abruti par
l'ignorance et la misère; et la fumée
du sacrifice était aussi grossière que
la divinité. Il ne s'agissait pas de fein-
dre des vertus, il suffisait d'afficher
la pratique d'absurdes superstitions,
un fanatisme sanguinaire, une sou-
mission abjecte à la puissance mona-

cale; le roi lui-même, qui, d'après les détails connus de sa vie privée, était l'homme le moins pieux de son royaume, le débauché Henri III portait en évidence un énorme chapelet dont il riait le premier et qu'il nommait le fouet de ses Ligueurs.

Mais il était dans la destinée de ce malheureux prince de mécontenter tous les partis en les caressant tour à tour sans savoir s'appuyer fermement sur aucun. Le plus puissant de tous, celui qu'on appela d'abord la *Sainte-Union*, et qui devint, peu après, si redoutable sous le nom de la *Ligue*, prétendait par dessus tous les autres au caractère religieux; c'était la plus perverse et la plus impie des factions acharnées à la perte du roi; voici son origine et ses progrès.

Une des clauses de la paix ménagée par Catherine entre les princes protestans et Henri III, en 1576, avant les premiers États de Blois, assignait le gouvernement de Picardie au prince de Condé. Le seigneur d'Humières qui commandait dans cette province, en attendant que le roi nommât un gouverneur, avait une querelle personnelle avec Condé. Ce ne fut pas sans un dépit profond, qu'il se vit contraint de reconnaître pour supérieur son ennemi particulier. D'Humières, colorant sa haine du prétexte de la religion, parcourut toute la Picardie, excitant les gentilshommes à se confédérer pour la défense de la foi romaine contre les atteintes que pourrait lui porter un gouverneur hérétique. Dans ces temps d'anarchie, la noblesse remuante et factieuse se tenait partout cantonnée dans des châteaux fortifiés et armés comme des citadelles; la guerre était son élément. La proposition de d'Humières flatta ces cœurs aigris contre la cour, où d'indignes favoris se partageaient exclusivement les riches emplois, les grâces du souverain et les dépouilles de la France. Les seigneurs picards signèrent avec enthousiasme *le formulaire* dressé par lui, et que Palma Cayet a consigné tout entier dans sa *Chronologie novenaire* (*a*).

L'article VII de cet acte d'association annonçait la prochaine élection d'un chef, et désignait, sans le nommer, le duc de Guise, le plus vaillant des princes lorrains, l'idole des mécontens catholiques. Guise, connu sous le

nom du *Balafré*, était surtout habile à
faire tourner à son profit la haine et le
mépris de la France pour un roi fai-
néant, plongé dans les délices d'une
vie voluptueuse dont le scandale paraissait plus révoltant par le mélange
affecté d'une dévotion claustrale. Mais
le Balafré, si brillant et si brave sur
le champ de bataille, était, comme
son frère Mayenne, indécis et presque
timide dans le conseil; aussi, sous un
pareil chef, le feu couvert de la Ligue
naissante n'éclata pas d'abord. Ce ne
fut long-temps qu'une sorte de con-
frérie secrète dont les membres, épars
dans le royaume, correspondaient à
l'ombre du mystère. Le foyer en fut
d'abord concentré au sein de la ca-
pitale, où quelques bourgeois obscurs
se réunissaient à des ecclésiastiques

dans le collége de Forteret, sur la montagne Sainte-Geneviève ; le principal meneur, nommé Laroche-Blond, était un agent de Guise. Peu à peu, à mesure des progrès du parti des huguenots et de l'abaissement du pouvoir royal, l'assemblée de Paris se grossit de nombreux partisans qui étendirent leurs relations au delà du royaume, et parvinrent à intéresser le pape et le roi d'Espagne à leur ténébreuse conspiration.

Les conjurés avaient nommé des commissaires particuliers pour chacun des seize quartiers de Paris ; de là, le nom de faction *des Seize*, sous lequel ils sont connus dans l'histoire. Leurs projets n'allaient à rien moins qu'à placer Guise sur le trône, en vertu d'un titre imposteur fabriqué par Rozières, archidiacre de Toul, et qui faisait remonter jusqu'à Charlemagne la généalogie de la maison de Lorraine (b). Déjà ces hommes turbulens avaient débordé leur chef qui ne voulait avancer qu'avec circonspection, et se reprochait même l'imprudence de sa correspondance prématurée avec la cour d'Espagne. Mais il n'était plus temps, Philippe II avait les lettres de Guise ; possesseur de ce gage effrayant, maître de la *Sainte-Union* dont les membres les plus influens étaient achetés par son or, ce prince commençait à diriger en maître absolu cette faction devenue dans ses mains habiles un instrument de la politique espagnole.

C'était à l'époque où le duc d'Anjou, à la tête de forces imposantes, attaquait

les troupes de ce monarque dans les
Pays-Bas, avec l'appui de l'Angleterre;
et se parait déjà du titre de duc de
Brabant. Philippe se hâta de mettre en
mouvement les ressorts de la Ligue, et
d'en opposer l'action secrète à la guerre
ouverte que lui faisait Henri III. L'ob-
servation attentive de la marche et des
conséquences probables du complot
ourdi dans cette circonstance par le duc
de Guise et les ligueurs, de concert
avec Salcède, l'agent du roi d'Espagne, offre la preuve la plus frappante
de l'asservissement de ce parti au chef
étranger qu'il s'était donné. Tout y
semblait combiné dans l'unique intention de servir les intérêts de Philippe
et de satisfaire sa vengeance. Il s'agissait premièrement de se saisir de la
personne du duc d'Anjou; d'instruire

son procès comme fauteur d'hérétiques, à raison de l'appui qu'il prêtait
aux protestans de France et des Pays-
Bas, et de lui faire trancher la tête, en
punition de ce crime. On devait ensuite
détrôner Henri III et le renfermer dans
un monastère pour le reste de ses jours,
comme fit autrefois Pepin à l'égard de
Chilpéric. Cette dernière partie du
traité semblait, à la vérité, ouvrir le
chemin du trône au duc de Guise, mais
ce n'était qu'un leurre; Philippe découvrit depuis ses véritables desseins à
cet égard : il destinait la couronne de
France à sa fille l'Infante Isabelle.

Henri III eut connaissance de ce
complot, découvert par son ambassa-
deur à Madrid et révélé par Salcède
dans les tourmens de la torture; sa haine
pour Guise s'en accrut; mais, tou-

jours incapable d'agir, il se contenta d'exhaler son indignation en paroles amères dont tout l'effet fut d'augmenter le nombre et l'acharnement de ses ennemis, et d'avertir la Ligue de se tenir sur ses gardes.

Les choses en étaient à ce point, quand la mort du duc d'Anjou à Château-Thierry combla l'intervalle qui séparait du trône les princes de la branche de Bourbon. Cette nouvelle causa une grande fermentation parmi les factions en armes et toujours prêtes à en venir aux mains. Catherine abhorrait le roi de Navarre son gendre, devenu l'héritier présomptif de la couronne; elle maudissait la stérilité de la reine Louise, et souffrait qu'on déclamât hautement dans sa cour contre la loi salique dont la rigueur inflexible la menaçait d'avoir pour maître, à la mort du seul fils qui lui restait, son plus mortel ennemi. De ce moment, toutes ses intrigues eurent pour objet de faire déclarer successeur de Henri III, le marquis de Pont-à-Mousson, son petit-fils par Claude de France, mariée au duc de Lorraine.

Guise, les regards fixés sur cette couronne qu'il brûlait de saisir, la dévorait des yeux et tremblait à l'idée d'y porter la main. Les *Seize* l'excitaient à se déclarer : *Non, non*, répondit-il, *le temps n'est pas venu; attendons que nous soyons plus forts. Quand on a tiré l'épée contre son roi, il faut en jeter le fourreau.*

Cependant Philippe II, attentif à la marche compliquée des intrigues qui s'agitaient autour du trône chancelant de Henri, fut informé que les princes protestans entretenaient une correspondance active et secrète avec le roi, qui, fatigué de tant de tiraillemens, inclinait vers un rapprochement avec les Bourbons. La réunion des armées royales aux forces considérables des huguenots allait porter un coup mortel à la faction espagnole et aux Ligueurs; c'en était fait de la guerre civile, des complots parricides et de la *Sainte-Union!* Philippe, épouvanté, crut déjà voir les Français réconciliés entre eux et avec leur roi, commandés par des princes belliqueux et chéris, tourner enfin contre le véritable ennemi de la gloire et de la prospérité nationales, des armes trop long-temps souillées du sang de leurs compatriotes. Le Tibère espagnol frémit à

cette pensée ; indigné contre Guise
dont les irrésolutions paralisaient les
fureurs des *Seize* , il le menaça de
livrer à Henri III ses lettres, appuyées
de toutes les preuves des criminelles
entreprises de la maison de Lorraine ,
à moins qu'il ne lui donnât sur-le-champ
un gage assuré de son dévouement à
leur cause commune. Le duc de Guise
ne pouvait plus hésiter; il osa enfin
agir.

Les Ligueurs, forcés d'admettre la
réalité des droits de la maison de Bourbon, avaient déclaré le roi de Navarre
déchu des siens en qualité d'hérétique
relaps, et consentaient à reconnaître
son oncle le cardinal de Bourbon ,
comme légitime héritier de la couronne , quoiqu'il n'y pût réellement
prétendre qu'après son neveu, fils de

l'aîné de la famille. N'importe ; s'autorisant de ce titre équivoque, Guise s'empare de la vieille idole ; le cardinal est enlevé à Rouen et conduit à Péronne. Aussitôt toute la noblesse ligueuse de Picardie vient se ranger autour de lui à la tête de bandes levées à la hâte ; les seigneurs amènent les garnisons de leurs châteaux; des reitres sont appelés d'Allemagne pour former sa garde et le noyau de l'armée qui se rassemble.

Ces événemens se passaient au mois de mars 1585. Un manifeste signé du prélat, colporté dans tout le royaume par les moines et par le clergé, soulève la France au nom de la religion catholique, menacée d'une entière destruction si l'hérésie montait sur le trône avec le roi de Navarre, huguenot al-

lié de l'Angleterre protestante. Tout
s'émeut: le pape seconde les efforts de
la *Sainte-Union;* Philippe répand l'or
à pleines mains.

Cependant Catherine souriait à l'aspect de cet orage épouvantable, dont
elle excitait en secret la violence. Im-
patiente du repos où la laissait languir
son fils, livré à des favoris objets de son
exécration, elle épiait dès long-temps
l'occasion de reparaître avec éclat sur
la scène où seule elle avait fixé les regards de l'Europe, sous trois règnes
consécutifs. Comme elle l'avait prévu,
Henri III, tremblant à l'approche du
danger, se jeta dans les bras de sa
mère et la supplia de conjurer la tempête. L'ambitieuse, au comble de ses
vœux, partit de Paris, avec son cortége
accoutumé des plus belles filles de la

noblesse française qu'on appelait son *escadron volant*; elle était accompagnée d'une cour somptueuse et protégée par une garde imposante. Elle se rendit dans cet équipage à Epernay, où les chefs de la Ligue, appelés, se hâtèrent de venir la trouver.

La reine-mère, arbitre de ce grand différend, accorda aux Ligueurs plus encore qu'ils n'osaient demander. Sa politique était d'acheter par cette condescendance la faveur d'un parti déjà redoutable, et dont elle accroissait les forces afin de les employer au succès de ses desseins particuliers. Dominée par sa haine contre le roi de Navarre, dont les droits opposaient le plus grand obstacle à l'élévation du marquis de Pont-à-Mousson, l'imprudente Catherine croyait tout gagner en fournissant de nouvelles armes aux adversaires de la maison de Bourbon ; elle s'imaginait trouver toujours dociles à ses vues ces instrumens formés par elle. En conséquence, la Ligue fut solennellement reconnue ; des villes de sûreté leur furent accordées comme équivalent de celles données aux huguenots ; bien plus, Catherine détermina Henri III à ratifier la promesse faite en son nom de proscrire de ses États la religion réformée, et de solder les troupes allemandes appelées pour le combattre. Ces dispositions humiliantes furent l'objet d'un édit enregistré au parlement.

Ainsi, les premiers pas de Guise dans la carrière du crime l'avaient tout d'un coup conduit au triomphe. Pour prix de sa rebellion il recevait des citadelles, une armée; le roi pactisait avec le parti à la tête duquel il restait à cheval, et que sanctifiait aux yeux du peuple l'étendard sacré de la religion !

Quant au vieux cardinal, prétexte de tout ce bruit, à peine avait-il été question de lui aux conférences d'Épernay. Seulement on convint que, ne pouvant être nommé premier prince du sang, titre qu'il n'était possible d'enlever au roi de Navarre qu'avec la vie, on désignerait à l'avenir le cardinal par celui de *Prince du sang le plus proche*. Telle fut la part dérisoire du conspirateur sexagénaire qui disparut alors de la scène, pour ne plus s'y montrer qu'un moment, quand peu d'années après il y représenta le rôle de fantôme de roi, sous le nom de Charles X.

L'alliance de Henri III et de la Ligue semblait devoir abattre et ruiner
à jamais le parti des Bourbons et de
la religion réformée ; c'était le vœu
des Lorrains; l'événement trompa leur
espérance. Les protestans d'Allemagne
et la reine d'Angleterre leur firent
passer, par La Rochelle qu'ils occupaient, des secours de troupes et d'argent, et leur annoncèrent, en outre,
une armée de trente mille hommes qui
devaient entrer dans le royaume par
les frontières du nord. Au midi, le
roi de Navarre et les princes de Condé
et de Conti, en attendant ce puissant
auxiliaire, prirent une attitude me-
naçante qui remplit de terreur l'ame
pusillanime de Henri III. La guerre
était déclarée ; il ne pouvait se résoudre à la faire, et, avant d'écla-

ter, il voulut tenter encore les voies de la négociation. Une députation nombreuse d'ecclésiastiques et de jurisconsultes fut envoyée aux princes pour les supplier d'abjurer le protestantisme, et les engager à revenir à la cour. Bourbon crut à la sincérité du roi, mais Catherine était là, et le souvenir de la Saint-Barthélemi le tenait en garde contre la séduction de ses caresses perfides. Il dut donc rejeter les avances d'une amitié trop dangereuse, et en appeler à son épée de l'injuste arrêt qui le dépouillait de ses droits à la couronne : le signal des combats fut donné.

Les Ligueurs, maîtres du roi, lui firent lever trois armées; Guise choisit le commandement de la plus considérable, chargée de contenir dans le nord les Allemands appelés au secours des princes. Le duc de Mayenne fut mis à la tête de la seconde, destinée à combattre le roi de Navarre en Guyenne ; Henri III n'eut à sa disposition qu'une réserve dont l'emploi devait être déterminé d'après le cours des événemens ultérieurs.

Cette campagne fut nommée la guerre *des Trois Henri*, du nom des principaux chefs: Henri III, commandant les royalistes; Henri de Navarre, les huguenots; Henri de Guise, les Ligueurs. Ce dernier resta long-temps inactif dans les provinces septentrionales de la France, où les Allemands tardèrent à se montrer. Mayenne, au contraire, dès l'ouverture des hostilités, n'eut que trop d'occupation. Il trouva d'abord devant lui le prince de Condé qui le battit dans toutes les rencontres, et le contraignit à repasser la Loire. Les huguenots envahirent la Guyenne, le Languedoc, une partie du Dauphiné, l'Auvergne, la Saintonge et le Poitou; ils menaçaient de s'étendre encore. Ces brillans succès étourdirent les Ligueurs et la cour; Philippe II et le pape conçurent de sérieuses alarmes. Le trône pontifical était alors occupé par le fougueux Sixte-Quint; c'est dans cette occasion, et pour servir la cause de l'Espagne, que le pontife fulmina sa trop fameuse excommunication contre le roi de Navarre et le prince de Condé, vers la fin de 1585.

Henri ne se laissa pas intimider par ce coup terrible; sa réponse, qu'il fit audacieusement afficher aux portes

du Vatican, respirait l'indignation ex-
citée dans son noble cœur par l'outrage de l'orgueilleux *serviteur des
serviteurs de Dieu* (c).

Toutefois, les foudres du Vatican
ne furent pas lancées vainement. Bourbon vit avec douleur une grande partie des seigneurs catholiques abandonner les drapeaux de l'excommunié;
son armée s'affaiblit, et il fut contraint de reculer devant Mayenne. Le
prince de Condé, complétement défait, gagna difficilement les côtes, et
s'embarqua pour l'Angleterre avec un
petit nombre de gentilshommes.

Peu de temps après cependant, des
événemens inattendus favorisèrent de
nouveau les armes du roi de Navarre.
Dans ce temps de profonde immora-
lité, au sein de ce débordement gé-

néral de crimes, de vices effrontés,
d'excès inouis jusqu'alors, une foule
de causes concouraient à fomenter
la division parmi les troupes de la
Ligue, comme dans celles des princes;
les rivalités du commandement, les
jalousies d'amour, les tracasseries des
courtisans, les querelles de familles,
de vils intérêts, étaient à chaque instant la source de querelles ensanglan-
tées entre les hommes du même parti.
On vit donc un grand nombre de catholiques repasser dans le camp des
princes protestans, et des huguenots
se déclarer pour les Ligueurs qui les
accueillaient avec empressement. Des
deux côtés les gouverneurs et les com-
mandans trafiquaient des forteresses
dont la défense leur était confiée, et
des corps à la tête desquels ils com-

battaient. Ces trahisons imprévues changeaient parfois le sort d'une province dans le cours d'une journée, donnaient ou retiraient la victoire.

Rien n'avançait; la France, déchirée, dévastée par ses propres enfans, devait encore être livrée en proie aux fureurs des étrangers appelés à grands cris par les deux partis opposés. Les Bourbons traitaient avec les Allemands et les Anglais, les ligueurs attendaient des Suisses, des Italiens et des Espagnols. C'est au milieu de ces vicissitudes, et dans ces déplorables circonstances, que commencèrent les événemens objets de ce récit, vers l'an 1587.

CHAPITRE PREMIER.

L'INCENDIE.

————

Avant que les discordes civiles eussent ensanglanté les plaines riantes de l'Angoumois, sous les règnes de Charles IX et de Henri III, l'antique manoir des barons d'Allègre dominait le cours de la Charente, non loin de la petite ville de Cognac. Les tours massives, les murailles crénelées de ce château noirci par le temps, étaient alors un objet d'orgueil et d'admiration pour les habitans de la contrée, que leur vieux seigneur gouvernait avec une bonté patriarcale; mais, depuis les guerres de religion, ils ne regardaient plus qu'en frémissant ce

T. I.   4

fort, devenu le repaire des brigands à la solde du jeune Cristophe d'Allègre, indigne héritier du plus vertueux père.

Aussi la joie fut-elle générale dans le pays, quand on apprit son prochain départ à la tête de cent lances, pour se joindre à l'armée des Ligueurs qui venaient combattre, dans ces provinces, les forces du roi de Navarre. D'Allègre avait jusque là suivi le parti de ce prince, par amour pour la comtesse Diane, dame de Saint-Bris, protestante et passionnément attachée à la cause des Bourbons. Bien plus, afin de faire preuve d'un dévouement sans bornes à cette jeune et riche veuve dont il idolâtrait la beauté, Cristophe avait persécuté ses propres vassaux, et prétendait, à force de cruautés, les contraindre à quitter la religion catholique, que lui-même venait d'abjurer solennellement. Mais cette prétendue conversion d'un impie qui ne croyait à rien, ne pouvait toucher le cœur de la dame de Saint-Bris, dont la dévotion était douce et compatissante comme son ame ; et les odieuses barbaries exercées sur des infortunés qu'elle plaignait, avaient achevé de la révolter contre leur farouche oppresseur.

Irrité des dédains de la comtesse Diane, Cristophe s'était de nouveau déclaré catholique ; et sa férocité se tournant contre les vassaux protestans du domaine de Saint-Bris, il avait fait irruption à main armée sur ses terres, et parlait même de former le siége du château qu'elle tenait pour le roi de Navarre, à peu de distance de celui d'Allègre, de l'autre côté de la Charente. Toutefois les menaces et les fureurs étaient restées aussi impuissantes que les supplications de l'amour. La garnison de Saint-Bris était assez nombreuse pour suffire à sa défense et à la protection des bourgades environnantes. Les bandes indisciplinées de d'Allègre avaient été forcées de repasser la rivière, dont la rive gauche était désormais à l'abri de toute insulte, à une grande distance au dessus et au dessous du château. Ces aventuriers, perdant l'espérance de mettre à contribution les paysans et les bourgeois du domaine de Saint-Bris, avaient résolu de quitter le service ingrat de leur maître; ce fut alors que d'Allègre, averti de l'approche de Mayenne, prit la résolution d'abandonner le parti des Bourbons, et de proposer à ses gens d'armes de le suivre au camp des Ligueurs, et d'embrasser la cause de la Sainte-Union.

Il n'était bruit que du nombre et de la valeur des guerriers de cette puissante armée, dont le chef annonçait hautement le projet d'envahir tout le midi de la France, d'écraser les fai-

bles troupes des princes protestans,
d'anéantir leur religion, et de se saisir
de leurs personnes. D'Allègre se flat-
tait de reparaître bientôt en vainqueur
devant les murs de Saint-Bris, dont il
s'éloignait la rage dans le cœur; son
espérance était de soumettre le fort,
de rendre mépris pour mépris à la
châtelaine, et de venger, par les sup-
plices et la mort, sur les hommes d'armes qui la défendaient, la honte de ses
défaites. Il venait donc de se porter au
devant de Mayenne, sur la route du
Poitou, laissant pour garnison, dans
le manoir paternel, un petit nombre
d'hommes dont il croyait avoir suffi-
samment éprouvé la valeur et l'attachement.

Peu de temps après son départ, le
capitaine Emmanuel Duhallot avait
traversé les terres de d'Allègre, venant
du Béarn, et chargé de conduire un
renfort d'arquebusiers à pied et à che-

val, dans la place de Saint-Jean-d'Angély. Ignorant encore la défection du
baron, Emmanuel s'était présenté devant son château, espérant y recevoir
l'hospitalité, tandis que sa troupe trou-
verait un accueil amical dans les villages voisins ; mais repoussé par la
mitraille des remparts, qui lui tua
quelques hommes, Duhallot s'était retiré plein d'indignation, et avait pour-
suivi son chemin, après avoir donné
avis de cette trahison au roi de Navarre. Sa troupe, exaspérée, s'était
livrée à quelques excès dans le pays,
et l'on avait entendu les soldats déclarer qu'ils reviendraient bientôt venger la mort de leurs camarades sur la
garnison du château, dans lequel ils
mettraient tout à feu et à sang.

L'effet parut suivre de près la menace : le lendemain, fête des Rois, au
milieu d'une nuit obscure, les paysans,
réveillés par la cloche du beffroi, aper-

curent les premières lueurs de l'incendie qui dévora ce vaste édifice, l'année de la bataille de Coutras. Mais en
vain le tocsin retentissait au loin à
coups redoublés, nul ne bougea; aucun secours ne vint du dehors : chacun craignait quelque piége tendu par
les bandits restés dans le château, et
c'était avec un sentiment de joie générale qu'on le regardait brûler. Bientôt les flammes s'élevant jusqu'au ciel,
comme du cratère d'un volcan, répan-
dirent à l'entour une clarté sinistre;
on distinguait, à la faveur de cette lumière, des bois épais, à droite et à gauche d'une grande prairie qui descen-
dait en pente rapide, du pied des
murs au bas de la Charente; on voyait
le ruisseau dont les flots écumeux se
précipitaient en bondissant des fossés
de la forteresse, et disparaissaient près
de la rivière, sous les roues du moulin bannal. L'éclat du feu colorait

d'une teinte pourprée les remparts du château de Saint-Bris, l'ornement de la rive opposée, et se réfléchissait en éclairs étincelans dans l'acier des casques, des corselets et des lances des hommes d'armes qui se pressaient entre les créneaux des tourelles, pour contempler ce spectacle imposant.

Cependant, tandis que les habitans se réjouissaient de la destruction de ce repaire de bandits, des soldats armés à la manière des reitres et des lansquenets, les uns la visière de leurs casques baissée, d'autres la figure noircie de charbon ou barbouillée de suie, s'étaient rués dans les villages, pillant, massacrant tout, au cri de *Tue, tue! Vive Navarre et le capitaine Duhallot! Gloire à la religion réformée!*

Le lendemain matin, les huguenots avaient disparu. Le petit nombre de

victimes échappées à ce désastre s'é-
taient rapprochées, en tremblant, de
leurs habitations désolées. Ces infortunés trouvèrent leurs femmes et leurs
filles expirantes, les vieillards gémis-
sans couverts d'affreuses blessures ;
plus de bestiaux, plus de meubles ; et,
ce qui mit le comble à l'horreur publique, les églises étaient pillées, et
les prêtres indignement égorgés au
pied des autels. On voyait de vénéra-
bles reliques éparses sur le pavé du
sanctuaire, parmi les débris des châsses
dépouillées de leurs riches ornemens;
on marchait sur les aubes et les cha-
subles déchirées en lambeaux, souillées de fange et de sang. Ce fut avec
un redoublement de fureur et de désespoir que ces pauvres paysans aper-
çurent au loin, sur les collines environnantes, les scélérats qui fuyaient
chargés de butin, la plupart affublés
par dérision des chapes destinées à

parer le clergé aux plus grandes solennités du culte catholique, et dont les dorures brillaient frappées des premiers rayons du soleil levant.

Depuis ce jour, le nom de Duhallot fut en exécration dans toutes ces vallées; les huguenots de la rive gauche de la Charente s'unirent aux sentimens de leurs infortunés voisins; et comme eux, ils appelaient la vengeance divine sur la tête du monstre dont les barbaries avaient dépassé celles du seigneur d'Allègre. Ils s'affligeaient surtout de l'outrage fait à leur religion par l'impie qui s'était autorisé de ce nom sacré pour commettre tant de forfaits.

Après les premiers momens d'épouvante et de consternation, les habitans se demandaient entre eux comment ce château si formidable avait pu être si facilement surpris; et pourquoi, malgré sa faiblesse, la garnison ne s'était

pas du moins défendue quelques heures, en tirant le canon contre les as-
saillans. Les ponts étaient baissés, les
tours et les remparts dégarnis de sen-
tinelles, les portes ouvertes; on n'entendait aucun bruit à l'entour ni au de-
dans : les paysans se hasardèrent à y
pénétrer après de longues hésitations.
L'intérieur ne présentait plus qu'un
immense monceau de cendres et de
débris encore fumans.

Tout cela paraissait inexplicable.
Les villageois prétendaient avoir reconnu parmi les huguenots, malgré
la suie qui défigurait leurs traits, plusieurs des arquebusiers et des piquiers
du château. Une femme soutenait même
qu'elle avait très bien distingué la voix
connue de Nicolas Rieul, meunier du
moulin bannal, au bas de la grande
prairie, et celle de son fils Jean Rieul.
Mais le moyen de croire à ces impu-
tations ! Nicolas avait été trouvé, le

lendemain matin, garotté à la roue de
son moulin détruit de fond en comble;
sa maison, pillée, était en ruines; il
ne possédait plus rien, et ne subsistait
que de la vente du poisson qu'il pê-
chait dans la Charente, et allait porter
tous les jours au château de Saint-
Bris, en traversant la rivière avec un
petit bateau, seul bien qui lui fût
demeuré de ses anciennes richesses.
Quant à Jean, son fils, il était entré à
Angoulême, novice dans le couvent
des Dominicains, au sortir du collège
de Poitiers, où il avait fait de bonnes
études.

Nicolas Rieul, vieillard d'une avarice sordide, avait, disait-on, amassé
beaucoup d'argent, depuis trente ans
qu'il exploitait le moulin bannal; aussi
les premières persécutions de d'Allègre étaient-elles tombées sur lui. Con-
damné d'abord à être pendu comme
catholique, il avait racheté sa vie au

prix de mille livres, en quatre cents
écus pistolets de cinquante sols, comp-
tés douloureusement un à un, et abandonnés avec larmes. L'année suivante,
conduit au pied du gibet seigneurial,
pour y être attaché comme huguenot,
il s'était vu forcé de recourir au res-
tant de son trésor enfoui dès long-
temps dans les caves du moulin. Il en
avait tiré de beaux écus au soleil, des
nobles à la rose, des doubles ducats
à deux têtes, des impériales de Flandre, des philippins d'Espagne, surtout force ducats de Pologne, tant
décriés à cette époque; puis, il avait
fallu apporter à la masse des rouleaux
de testons de vingt sous et de demi-
testons, enfin de la menue monnaie,
des douzains et des carolus; mais en
dépit de tout cet étalage de pièces
d'or, d'argent et de cuivre, la somme
totale ne s'élevait pas aux deux tiers
des trois mille livres tournois, prix

être mis à la rançon du meunier. Les piquiers et les goujats du château perdirent leur temps et leurs peines à torturer le vieux Nicolas, en présence et par l'ordre de leur seigneur, pour contraindre le malheureux à fouiller plus profondément dans la cachette qui recélait ses richesses; il soutint courageusement qu'il ne lui restait absolument plus rien : il fallut donc se contenter des deux mille livres, et le patient fut délié et rendu à la liberté.

Maître Nicolas, délivré de ce danger, eut l'adresse de montrer plus de reconnaissance à d'Allègre et à ses gens pour lui avoir accordé la vie, que de ressentiment des outrages et du vol qu'il avait soufferts. Il continua donc de paraître dévoué à son seigneur et à la garnison du château, qu'il servait de son mieux. Le meunier supportait même avec patience les railleries des habitans de

la vallée, peu disposés à le plaindre
à cause de son avarice et de ses fri-
ponneries. Cependant ceux qui con-
naissaient le naturel pervers de ce
vieillard ne doutaient pas qu'il ne
brûlât du désir de se venger; et c'est
ce qui donna quelque crédit au rapport de la femme qui croyait avoir
reconnu sa voix pendant le pillage
de sa maison par les reitres du capitaine Duhallot. Mais plus on y pensait, et moins on découvrait quelle
influence pouvait avoir eue la colère
du meunier Nicolas sur le sac du
château d'Allègre, le massacre de la
garnison, et la dévastation des riches
domaines de cette puissante seigneu-
rie.

On en revint donc à ne plus accuser
de tout le mal que les huguenots, et
surtout le sacrilége Duhallot, profa-
nateur des églises, assassin des prêtres,
objet de l'horreur publique, et dont

on ne prononçait plus le nom détesté
sans des frémissemens de rage et des
imprécations.

CHAPITRE II.

LE SEIGNEUR DE RABASTAINS.

DANS ces temps de confusion et de troubles, ce n'était pas seulement le fanatisme religieux, l'ambition, le jeu des passions violentes, qui jetaient dans des factions opposées des parens, des amis, et jusqu'à des frères. Le caprice, une foule de causes frivoles ou ridicules, décidaient aussi parfois du parti que l'on embrassait. Le seigneur de Rabastains, cadet d'une bonne famille de Poitou, et grand-oncle de la dame de Saint-Bris, avait, depuis quarante ans, pris part à toutes les guerres civiles ou étrangères, fléaux de cinq règnes consécutifs. Déjà vieux, et goûtant un repos honorable dans sa petite gentilhommière auprès de Fontenay-le-Comte, il avait senti son humeur belliqueuse se ranimer à l'approche des armées qui venaient de s'entrechoquer dans la province où il s'était retiré. Incertain sur la bannière qu'il lui convenait de suivre, il s'était tout à coup décidé à servir le roi de Navarre, à la réception d'une lettre de sa nièce la comtesse Diane. Cette dame avait, au couvent des ursulines de Niort, une jeune sœur nommée Henriette de Rabastains, qu'elle désirait rappeler auprès d'elle; mais la présence des troupes de la Ligue dans cette province qu'elles désolaient, opposait un obstacle à l'exécution de son projet. Cependant, avertie que les Ligueurs s'étaient retirés, et que le régiment huguenot de Neuvi devait venir de Fontenay à Cognac, par Niort

et Saint-Jean d'Angély, elle avait écrit
à son oncle le seigneur de Rabastains,
en l'engageant à profiter d'une occasion aussi favorable, pour aller retirer
Henriette du couvent, et la lui amener
sous la protection de cette troupe dont
elle connaissait le chef.

Le vieux Rabastains se hâta de répondre à la dame de Saint-Bris qu'il
remplirait avec joie sa commission,
pourvu qu'elle s'engageât à employer
le crédit dont elle jouissait dans le
parti des princes, pour lui faire obtenir le commandement d'une place
forte, ou bien une compagnie de gens
de pied. Plein des riantes espérances
que cette ouverture lui faisait con-
cevoir, il s'empressa de se rendre à
Niort, et alla droit au couvent des ursulines demander sa jeune nièce à la
prieure de cette communauté.

Une difficulté s'éleva ; Diane et
Henriette, enfans d'un même père,

étaient de deux lits différens; la mère
de la dame de Saint-Bris, calviniste
zélée, l'avait élevée dans sa croyance;
Henriette, fille d'une catholique, et
confiée, au sortir du berceau, aux
soins des religieuses de Niort, profes-
sait la foi romaine. Le plus tendre
attachement l'unissait dès l'enfance
avec Marguerite Duhallot, sa compagne d'études, catholique comme
elle et d'un rang égal au sien; le temps
avait fortifié cette amitié, devenue le
premier besoin de leurs cœurs, et la
plus douce occupation de leur inno-
cente vie. L'une et l'autre venaient
d'atteindre leur dix-septième année,
quand, peu de mois avant la visite de
Rabastains, Marguerite, fiancée de
Philippe de Rieux, reçut l'ordre de
se préparer à sortir du couvent pour
revenir au château paternel recevoir
la main de ce jeune gentilhomme.
Cette nouvelle ne lui causa qu'une

joie médiocre; elle n'avait pas d'amour pour Philippe qu'elle connaissait à peine; ses parens lui étaient devenus presque étrangers par un long éloignement; et le plaisir d'être affranchie des ennuis du cloître lui semblait acheté trop cher par le chagrin d'y laisser Henriette. Il fut donc convenu, pour satisfaire aux vœux des deux amies, qu'elles ne seraient pas séparées. Madame Duhallot demanda la permission de fixer auprès d'elle, avec sa fille Marguerite, l'orpheline Henriette de Rabastains; et la comtesse de Saint-Bris s'était prêtée sans difficulté à cet arrangement.

Ces beaux projets allaient s'accomplir, quand on reçut au couvent la terrible nouvelle que les Ligueurs inondant rapidement le Poitou, après avoir défait le prince de Condé de l'autre côté de la Loire, avaient tout mis à feu et à sang dans cette province; que

le château du seigneur Duhallot venait d'être surpris, livré au pillage,
et la famille entière massacrée sans
pitié.

La cause de ces fureurs était le dévouement connu des maisons Duhallot
et de Rieux au parti des Bourbons.
Le capitaine Duhallot, frère de Marguerite, et Philippe son fiancé, servaient l'un et l'autre sous les yeux du
roi de Navarre; on savait que le prince
honorait ces braves jeunes gens d'une
faveur toute particulière, et que depuis quelque temps ils accompagnaient
partout ses pas.

Le désastre de la famille de Marguerite venait donc de suspendre le
voyage projeté. Son mariage était
ajourné jusqu'à des temps moins malheureux, et l'on avait décidé qu'elle
attendrait au couvent la fin des hostilités. Cependant la guerre prenait tous
les jours un nouveau degré de fureur.

et la jeune fiancée ne voyait plus de
terme à sa reclusion au monastère de
Niort, quand le message de la comtesse, apporté par Rabastains, vint
ajouter aux chagrins de Marguerite
la douleur de se voir enlever Henriette, dont l'amitié était son unique
consolation. Le désespoir des deux
jeunes personnes éclata en plaintes et
en gémissemens. Les ursulines, mettant aussitôt à profit l'exaspération de
ces enfans, s'attachèrent à leur per-
suader que des regrets aussi vifs ma-
nifestaient une volonté du ciel à leur
égard; elles y découvrirent une véritable vocation pour la vie religieuse,
et leur proposèrent de prendre toutes
deux le voile, afin d'être bien cer-
taines de ne plus jamais être séparées.

En effet Henriette, séduite par cette
idée, répondit à Rabastains qu'elle
était résolue à se faire ursuline; qu'il

y allait de son salut, et qu'il était à craindre que sa sœur ne voulût l'attirer auprès d'elle pour la contraindre à changer de religion. Cette décision transmise à la comtesse lui causa le plus vif chagrin; elle avait, pour l'établissement d'Henriette, des vues qu'il lui tardait d'accomplir; on négocia. Après bien des débats, on s'arrêta enfin au projet de faire venir les deux amies au château de Saint-Bris, où toutes les garanties qu'elles pourraient désirer leur seraient accordées pour la profession libre et publique de leur religion. Ce point convenu, il ne restait plus qu'à obtenir le consentement du capitaine Emmanuel Duhallot, et sa réponse se faisait attendre; car la correspondance était lente et incertaine au milieu de tous ces mouvemens imprimés aux différens corps d'armées depuis quelques mois.

Pendant ces délais qui désolaient

le seigneur de Rabastains, tout avait
changé de face dans la province, sans
qu'il se fût encore douté de ce qui se
passait autour de lui. L'armée des Ligueurs était aux portes de Niort, et
les huguenots dispersés cherchaient
un abri derrière les murs de La Rochelle et de leurs autres places fortes;
plusieurs corps de l'armée des princes
se retiraient même par delà la Garonne.

Un soir, après une longue médita-
tion sur le livre déjà vieux, intitulé : *le
Roman de M. de Bayard*, le seigneur
de Rabastains se rendait au couvent des
ursulines pour avoir des nouvelles. Il
marchait tout pensif, doucement agité
du souvenir de ses hauts faits, et s'a-
nimant à l'idée que bientôt le monde
allait retentir du bruit de ses nouveaux
exploits. Cependant l'avant-garde des
ennemis qu'il s'apprêtait à terrasser
venait d'entrer paisiblement dans la

ville empressée de leur ouvrir ses
portes. Les officiers, dépouillant leurs
corselets et leurs écharpes noires, s'a-
musaient à jouer au mail tandis qu'on
préparait le souper. Rabastains, en
apercevant de loin ce mouvement inac-
coutumé, fut frappé d'entendre tout à
coup son nom retentir dans les airs,
avec l'accent de la surprise et de la
joie. Il ne s'étonna pas toutefois; le
vieux guerrier avait tant vu de pays,
tant pratiqué de gens divers, pendant
sa longue vie continuellement errante
et agitée, qu'il ne pouvait faire un
pas hors de chez lui, sans rencontrer
des amis ou des connaissances. D'ail-
leurs sa personne offrait un spectacle
si grotesque, si original, qu'il suffisait de l'avoir regardé une seule fois
pour ne plus l'oublier de la vie.

Rabastains autrefois s'était distingué
à la bataille de Cérisolles, en 1544;
mais, après l'action, on l'avait trouvé

parmi les blessés, frappé au visage
d'un coup de lance, et le nez tout
emporté. Désolé de se voir si cruelle-
ment défiguré à l'âge de vingt ans, le
pauvre Rabastains avait imaginé de
couvrir l'horrible cicatrice avec un de
ces demi-masques alors à la mode,
connus sous le nom de *tourets de nez*,
et que les dames et demoiselles por-
taient en voyageant à cheval ou en
litière. Le contraste de cette parure
féminine avec l'attirail militaire, avec
l'air mâle et fier, la parole grave et
l'attitude héroïque du seigneur de Rabastains, était déjà passablement plai-
sante; il s'y joignait la bizarrerie de
ses habillemens de ville, surannés à tel
point, que l'on ne rencontrait plus
que lui seul qui s'obstinât encore à en
porter de semblables. Le bon Rabastains n'avait adopté, des inventions
modernes, que la grande fraise des
jeûnes courtisans, parce qu'elle ai-

dait à cacher une partie de son visage difforme; du reste, il ne tenait
aucun compte du demi-siècle écoulé
depuis le temps où les dames de la
cour le trouvaient si séduisant sous la
barrette emplumée d'un page de François Ier, ou revêtu de la brillante armure des vainqueurs de Cérisolles. Il
s'avançait donc plein de confiance vers
le groupe des joueurs de mail, émer-
veillés à la vue de sa toque de velours
cramoisi ombragée d'un bouquet de
plumes blanches, et penchée gracieusement, à la gibeline, sur son oreille
gauche, qu'elle cachait tout entière,
laissant à découvert la moitié de sa tête
chauve, dont une longue calotte de soie
noire déguisait la nudité; cette coiffure,
son pourpoint de satin bleu de ciel avec
des crevées de soie rouge, son haut
de chausses étroit et élevé, à bandes
bariolées, et son manteau, de velours
comme sa toque, et de même couleur,

n'eurent pas plus tôt frappé les regards des jeunes gentilshommes de l'armée de la Ligue, qu'ils coururent en foule au devant de lui, en s'écriant : Eh ! voilà le seigneur de Rabastains, le Nestor des chevaliers français !

— Oui vraiment, mes braves, répondit-il étouffé par les embrassades ; c'est moi, c'est moi-même. Eh bien ! tête-dieu, mes enfans, où en sommes-nous? demanda-t-il en cherchant des yeux quelques signes indicateurs du parti qu'ils servaient. Ah ! s'écria le bonhomme en découvrant d'Allègre au milieu de la foule, ah ! te voilà, mon gentil Cristophe, digne fils de mon plus cher ami, de feu le noble baron d'Allègre mon frère d'armes! eh bien, mon fils, vive Navarre! n'est-il pas vrai?

— Au diable Navarre et les huguenots! crièrent les jeunes gens; vive le Roi et la Ligue!

—Par la tête-dieu! enfans, reprit
le seigneur de Rabastains en se redressant et portant la main à la garde de
son épée, vive le Roi et la sainte Ligue! c'est bien comme je l'entends;
et je fends les naseaux au premier
manant qui ose devant moi faire du
rebelle et du mutin contre le roi son
seigneur et la Sainte-Union. Eh bien
donc, mes camarades, continua-t-il
en reprenant un maintien familier,
nous sommes donc royaux et ligueurs?
voilà qui va des mieux; et toi, gentil
Cristophe?..

D'Allègre, rouge de confusion, avait
écouté tous ces discours les yeux baissés : Venez, interrompit-il d'un air
sombre en entraînant Rabastains; je
suis charmé de vous voir ici, j'ai à vous
entretenir d'affaires qui vous intéres-
sent.

Ils s'éloignèrent, et Cristophe, après
lui avoir longuement raconté tous ses

sujets de plainte contre la dame de Saint-Bris, lui avoua que le dépit l'avait jeté dans le parti de la Ligue; mais que, depuis quelque temps, la ruine de son château et la dévastation de ses terres par les huguenots venaient de lui donner un sujet plus légitime de combattre le roi de Navarre; qu'enfin il déclarait désormais une guerre à mort aux princes de la maison de Bourbon.

D'Allègre ajouta que le duc de Mayenne l'avait accueilli en ami, et placé à la tête d'un corps d'armée composé d'arquebusiers à pied et à cheval, et de deux cents chevaux légers, outre les cent hommes d'armes levés à ses frais. Il termina en offrant à l'ancien frère d'armes de son père les fonctions de maréchal de camp (1) de

_____

(1) Ces fonctions n'avaient alors aucun rapport avec celles du grade de maréchal de camp dans les

la troupe qu'il commandait, en s'engageant à lui faire accorder par le général, à la première vacance, une compagnie d'hommes de pied.

À cette conclusion inattendue, le seigneur de Rabastains s'écria transporté de joie : Tête-dieu pleine de reliques ! Cristophe mon ami, à qui parles-tu de ce brave et galant homme de duc de Mayenne ! et de toute cette

---

armées d'aujourd'hui. On peut voir dans Brantôme, au discours sur les *moyens de s'apprêter à la guerre*, que le maréchal de camp représentait exactement ce que l'on a nommé depuis *le chef d'état-major*; c'était une commission temporaire, et non pas un grade. Brantôme dit que le général d'armée doit choisir pour ce métier *le capitaine* le plus expérimenté de son armée. Il importe encore de remarquer que ce titre de *capitaine* était indistinctement donné à tous les chefs de l'armée, soit qu'ils commandassent des corps de cavalerie avec le grade de colonel, soit qu'avec celui de mestre-de-camp ils fussent à la tête des régimens d'infanterie, ou qu'enfin ils eussent sous leurs ordres une compagnie d'hommes d'armes.

noble maison de Lorraine dont j'ai
toujours été le serviteur le plus dévoué! Maréchal de camp, dis-tu?
voilà des princes, par la tête-dieu!
une compagnie d'hommes de pied,
mon enfant! oui, ce sont de véritables princes, et dignes de porter
une couronne royale! J'accepte, mon
gentil Cristophe; et que la peste
étouffe ces petits princes hérétiques
de la maison de Bourbon et toute la
huguenoterie! Vive le Roi, tête-dieu!

— Je suis content de vous trouver
dans ces dispositions, brave Rabastains, reprit d'Allègre. Oui, attachez-
vous à ma fortune : elle sera brillante. Nous avons une armée nombreuse; nos desseins sont vastes et habilement combinés; vous allez bientôt
voir de grandes choses. J'ai persuadé
à Mayenne qu'il fallait avant tout
balayer de huguenots toutes ces
provinces, et s'emparer des places

fortes qu'ils y tiennent. Comme je connais plus particulièrement le pays de l'Angoumois, il me charge de soumettre à ses armes cette contrée entière, et nous allons occuper d'abord le château de Saint-Bris.

— Le château de ma nièce, Cristophe?

— Oui, sans doute; et c'est là surtout que vos services vont m'être d'un grand secours. Je porterai devant cette place des forces trop considérables pour que la défense soit possible. C'est vous que je veux envoyer sommer la comtesse, au nom du roi, de lui remettre le château. Vous avez de l'empire sur l'esprit de Diane : vous saurez lui remontrer les dangers auxquels une témérité inexcusable exposerait sa vie, son honneur.......

—Laisse-moi faire, mon fils; Diane ne chérit et me considère comme son

père feu messire de Rabastains, fils
de feu le comte de Rabastains mon
frère; elle a été ma pupille et respecte
mes volontés. Va, gentil Cristophe,
tu peux regarder le château comme
déjà rendu et soumis aux armes de sa
majesté le roi notre maître.

— Cher Rabastains, dit d'Allègre
en comprimant l'élan de la joie
qui éclatait malgré lui dans ses yeux,
mon bon et vénérable ami, dites bien
à la dame de Saint-Bris que je ne conserve aucun souvenir du passé; qu'il
ne s'agit que du service du roi et
du bien de la religion; que la cause
des Bourbons est perdue; que Henri
est sincèrement uni à la Ligue et a juré
aux huguenots rebelles une guerre
d'extermination. Nous ne nous arrête-
rons plus, qu'ils ne soient tous anéantis.
Ils comptent sur la reine d'Angleterre,
c'est en vain : Bellièvre est parti de
Paris en ambassade pour aller faire à

Élisabeth des offres qui la séduiront et désarmeront sa colère contre Marie Stuart. Henri III, maintenant ami des Guise, s'est résolu à faire tous les sacrifices possibles pour sauver cette reine leur parente ; un traité avantageux à l'Angleterre va détacher entièrement Élisabeth de la cause des protestans de France. Ainsi donc, que Diane........

— Tu dis, Cristophe, interrompit Rabastains, que la cause des Bourbons est perdue?...

— Sans ressource.....

— Eh bien, mon gentil Cristophe, il faut que tu intéresses Mayenne à me faire obtenir le gouvernement de la châtellenie royale de Cognac....

— J'en prends l'engagement...

— Tu me ravis! Le roi, vois-tu bien, doit tenir à s'attacher un serviteur loyal et solide comme moi...

— N'en parlons plus, Rabastains;

je vous le promets, et en attendant,
je vous assure le commandement du
château de Saint-Bris. C'est à vous
seul que Diane rendra le fort ; vous y
mettrez une garnison de votre choix,
et elle restera maîtresse de tout, sous
l'apparence de cette reddition qui
la sauvera d'un malheur inévitable.
Dites-lui...

— Gouverneur de Cognac ! s'écria
Rabastains qui ne l'écoutait plus. Commandant du château de Saint-Bris !
noble cause, tête-dieu ! véritablement
royale et religieuse ! Mon enfant, il
faut que je te quitte afin d'aller faire
mes préparatifs et tout disposer, pour
emmener avec moi Henriette que je
retire du couvent des ursulines, et la
conduire à sa sœur...

—Par la mort-dieu ! interrompit
d'Allègre d'un ton brusque, qu'est-il
besoin d'aller s'embarrasser de femmes? Nous marcherons de nuit; il s'agit

d'une surprise. Laissez la petite avec ses béguines, et prêtez-moi plus d'attention. Je vous disais...

Rabastains, trop préoccupé de ses idées pour suivre le cours de celles de Cristophe, lui coupa de nouveau la parole en approuvant sans difficulté sa remarque au sujet d'Henriette. Tout en marchant, ils étaient parvenus à la porte du couvent ; le vieillard dit à Cristophe qu'il allait entrer un moment dans le monastère, afin de déclarer en deux mots à sa nièce qu'il ne pouvait se charger d'elle, et qu'elle resterait avec les religieuses. D'Allègre, impatient de reprendre la conversation interrompue, et de parler encore de Diane, le suivit au parloir pour le presser de prendre congé de la pensionnaire, et l'entraîner ensuite.

La tourière eut à peine averti Henriette de l'arrivée de son grand-oncle, qu'elle descendit rapidement et entra dans la salle en sautant de joie; elle tenait à la main un papier: Bonnes nouvelles, monsieur, lui dit-elle, sans lui donner le temps de s'expliquer; voici enfin la réponse du capitaine Duhallot.

A ce nom, d'Allègre pâlit de rage, et la haine se peignit sur sa figure en traits hideux et terribles; mais Henriette, tout occupée de sa lettre, ne faisait aucune attention à lui, et Marguerite, qui entrait en ce moment, n'aperçut d'abord que Rabastains placé de manière à lui dérober la vue de son compagnon.

—Quel bonheur! monsieur, continua Henriette avec volubilité, en présentant à travers la grille, à son oncle, le papier qu'elle agitait d'un air de triomphe; tenez, lisez la lettre du capitaine Duhallot. Notre projet l'enchante, il doit venir bientôt à Saint-Bris, peut-être y est-il déjà; il y verra Marguerite.

Ces mots firent une nouvelle impression sur d'Allègre.

— Mesdemoiselles, répondit gravement Rabastains, je vous laisse ici toutes deux, vous ne venez plus avec moi.....

— Eh pourquoi? interrompit d'Allègre, voilà qui change tout.

Les jeunes filles, étonnées, gardèrent un moment le silence, les yeux fixés sur le nouvel interlocuteur. Rabastains se retourna de son côté, fort surpris de ce langage : Eh oui, reprit d'Allègre très agité; cette circonstance dont vous ne m'aviez point parlé..... Voyez d'abord ce que dit le capitaine.

— Ce monsieur a raison, dit Henriette reprenant courage; écoutez, je vais vous la lire.

Et sans attendre la permission de Rabastains, elle commença la lecture :

« Oui certainement, ma bonne sœur,
« je trouve fort bon que vous accom-

« pagniez mademoiselle de Rabastains
« au château de la comtesse de Saint-
« Bris, et le plus tôt sera le mieux.
« Que diriez-vous si j'avais le bon-
« heur de vous y voir et de vous y
« embrasser! Si ce n'est moi, ce sera
« du moins très certainement mon ami
« Philippe de Rieux. De toutes façons
« un homme qui vous chérit plus que
« tout dans le monde, soit frère ou
« fiancé, aura sous peu de jours l'oc-
« casion d'aller baiser les mains de la
« belle comtesse, et s'estimerait trop
« heureux de vous rencontrer dans le
« château de Saint-Bris.

    « Votre bon frère,

      « Emmanuel DUHALLOT. »

—La lettre est-elle datée? demanda
d'Allègre avec une émotion qu'il avait
peine à déguiser. Elle a peut-être tardé
long-temps; car maintenant les com-
munications sont difficiles de ce côté.

    —De quel côté? demanda Henriette à son tour, du ton le plus naturel; monsieur a raison, Marguerite; nous n'avons pas pensé à questionner là-dessus le religieux de Sainte-Geneviève....

—Un genovéfain! interrompit d'Allègre; il l'avait vu, sans doute? Et il ne vous a pas dit en quel lieu?

—Non, lui répondit Henriette sans remarquer son trouble, et la lettre n'est pas datée; cela nous aurait aidés à conjecturer à peu près.....

—Tout cela est bel et bon, dit Rabastains, mais vous pouvez vous épargner les conjectures; car vous resterez ici toutes deux. Le service du roi...

— Eh! par la mort-dieu! reprit d'Allègre avec brusquerie, le service du roi ne s'oppose pas à ce que nous nous prétions au désir de ces demoiselles.

— Comment, Cristophe, répliqua Rabastains, as-tu donc sitôt changé d'avis? et veux-tu maintenant que j'expose ces enfans à tous les désagrémens, aux dangers d'une marche de nuit, au milieu de l'armée?....

— Ne vous inquiétez de rien, répondit d'Allègre d'un ton décidé. Je vais commander deux litières pour ces demoiselles; trois, quatre autres, s'il le faut, pour les suivantes et le bagage. Quant à leur sûreté, j'en fais mon affaire, et je réponds de tout. Elles seront placées sous la protection de mes hommes d'armes, et je veillerai moi-même sur elles. Venez, Rabastains, continua-t-il en l'entraînant, nous partirons cette nuit même.

— Un moment! dit Rabastains en résistant; cette nuit, tête-dieu! y penses-tu, gentil Cristophe? Je n'avais pas dessein d'entrer sitôt en campagne; et j'ai besoin d'attendre ici mon équipage et mon armure que j'ai laissés à Fontenay...

— Par la mort-dieu! répliqua d'Allègre irrité, n'avez-vous pas à Saint-Bris, où vous passez une partie de l'année, un arsenal complet et des habits de reste. Quant aux chevaux, je vous en fournirai; venez, ne perdons plus de temps : et vous, mesdemoiselles, tenez-vous prêtes à vous mettre en route une heure après le coucher du soleil.

Henriette n'attendit pas que son oncle lui répétât cet ordre, et tandis que d'Allègre emmenait Rabastains, elle prit Marguerite par la main, et sortit du parloir comme elle y était entrée, en exprimant sa joie naïve par des chants et des bonds enfantins. Marguerite, quoique du même âge, était sérieuse et réfléchie; malgré le plaisir que lui causait l'espoir d'embrasser bientôt un frère bien aimé, le seul parent qui lui restât, ce n'était pas sans répugnance qu'elle acceptait la protec-

tion de l'homme impérieux et violent
qu'elle venait d'entrevoir. Elle avait
remarqué son air farouche, ses questions multipliées et singulières, surtout le contraste des paroles amicales
de ses offres de service avec la rudesse
sauvage de sa voix. La fierté de Marguerite était surtout révoltée de ce
ton de commandement que d'Allègre
avait pris avec de nobles demoiselles,
en leur prescrivant l'heure à laquelle
il fallait qu'elles se tinssent prêtes à
partir avec lui.

Quoique Marguerite n'eût été que
rarement appelée au château paternel depuis son entrée au couvent,
elle s'y était vue quelquefois l'objet
des égards respectueux des gentilshommes admis chez sa mère, autrefois l'une des femmes les plus dis-
tinguées de la cour de la reine Catherine. Elle comparait la grâce et la
courtoisie chevaleresque de ces no-

bles guerriers avec la grossièreté du capitaine de gens d'armes, et ce souvenir lui rappelait douloureusement les infortunes de sa maison.

Mais en vain voulut-elle entretenir de ses regrets sa folâtre compagne, lui faire partager ses préventions, et l'engager à rester au couvent plutôt que d'accepter l'effrayante proposition de d'Allègre : Henriette, toute au plaisir de quitter le cloître avec sa chère Marguerite, n'écoutait rien, ne voulait rien entendre. Elle ne songeait qu'aux préparatifs du départ qu'elle dirigeait en chantant, en lutinant les saintes religieuses. Tout fut bientôt disposé : les robes de velours et de satin broché, à la taille alongée, avec leurs manches de drap d'or d'une ampleur démesurée, furent soigneusement ployées au fond des coffres, où l'on plaça également les immenses fraises de gaze et de dentelle, ainsi que les boîtes où

l'on avait renfermé les chaînes d'or
d'un travail exquis, destinées à la parure des plus grands jours de fête.

Les demoiselles choisirent pour la
route des robes d'une laine légère de
couleur gris-de-perle, avec de grandes
manches de soie verte, et des colle-
rettes du lin le plus fin tout unies.
Leurs petits bonnets noirs, sans aucun
ornement, s'avançaient en pointe sur
le front, et laissaient échapper des
deux côtés d'épaisses touffes de cheveux bouclés. La nuit venue, quand
Rabastains les eut averties que les litières et l'escorte d'hommes d'armes
les attendaient à la porte du couvent,
elles se couvrirent la figure de mas-
ques de velours noir; et de longues
capotes en camelot, avec des camails
renversés sur leurs épaules, complé-
tèrent leur costume de voyage.

CHAPITRE III.

LES IMPRÉCATIONS.

Dans la vallée de la Charente, on s'entretenait encore des événemens de cette nuit désastreuse, dont le seul souvenir glaçait d'effroi toute la population, quand on fut averti qu'un millier de lansquenets du roi de Navarre s'approchaient du château d'Allègre, fuyant devant les troupes de Mayenne.

On disait que les Ligueurs occupaient déjà Niort et s'avançaient pour faire le siége de Saint-Jean-d'Angély. A la fin du jour, on aperçut des forêts de lances sur la route de Saintes, et à

travers champs, vers le nord : à cet
aspect, les habitans coururent chercher un refuge dans les bois. Durant
la nuit, ils entendirent avec effroi
plusieurs explosions violentes, dont
la secousse semblait ébranler la terre
sous leurs pas; et le lendemain, quand
ils osèrent regagner leurs villages, ils
virent les murailles du château d'Allègre renversées de fond en comble.
Seule au milieu des vastes débris, la
tour du beffroi était restée debout,
soit que la force de cette construction
plus moderne eût résisté à l'effet de la
mine, ou que le temps eût manqué
pour en achever la ruine; car les lansquenets avaient repris leur course
précipitamment long-temps avant le
jour.

Les paysans étaient à peine remis
de cette alerte, lorsque, le soir même,
au retour de Saint-Bris, où il était allé
porter du poisson, le meunier Nicolas

Rieul annonça que l'on voyait du haut de la tour du donjon d'épaisses colonnes de troupes qui s'avançaient au loin sur les routes de la Guienne au midi. Cette nouvelle ne fut pas plus tôt répandue, que les habitans, prenant encore l'alarme, abandonnèrent de nouveau les villages et les hameaux, et s'enfoncèrent dans l'épaisseur des bois; bientôt le pays, à plusieurs lieues à la ronde, offrit l'aspect d'un désert silencieux.

Au coucher du soleil, le ciel se chargea de sombres nuages qu'un vent impétueux chassait rapidement vers l'orient; peu après, la plus épaisse obscurité couvrit toute la vallée, et un orage terrible ne tarda pas à éclater: la foudre frappait les collines à coups redoublés, avec un épouvantable fracas, et la pluie inondait au loin la contrée. Nicolas Rieul n'avait point partagé la terreur des autres habi-

tans ; il bravait la fureur de cette tempête, à l'abri sous une moitié de toit
de chaume, échappée à l'incendie
d'une cabane voisine du moulin ; le
ruisseau qui l'en séparait grondait tout
près de là, gonflé par les eaux qui
continuaient à se précipiter en torrens
des nuages.

Cependant, au bout d'une heure environ, l'orage parut se calmer : Nicolas
sortit sans bruit de sa retraite, et re-
montant le cours de la Charente, il se
glissa derrière les buissons de saules
et parmi les joncs du rivage jusqu'au
milieu de la prairie qui s'élevait au
nord vers la tour du beffroi. Là, placé
au point le plus rapproché du château
de Saint-Bris, qu'il distinguait sur
l'autre rive, à la faveur des éclairs,
il s'arrêta, prêta l'oreille, et imita trois
fois le cri de la chouette ; puis tout
rentra dans le silence.

Après quelques momens d'attente,

Nicolas reprit le chemin de la cabane par le même sentier : Eh bien ! lui dit une voix douce et tremblante à l'instant où il se rapprochait du mur délàbré.

— Cachez-vous, mademoiselle, répondit-il durement, mais très bas ; craignez de vous laisser apercevoir : un éclair peut vous faire découvrir.

— Oui, oui, reprit la jeune fille encore plus bas ; oui, vous avez raison, maître Nicolas ; tout serait perdu ; mais, dites-moi, personne ne vient-il encore ?

— Personne. On n'a pas répondu au signal ; je ne sais qui diable peut les retenir si long-temps : tout ce bruit de tempête infernale commence à s'appaiser, les nuages laissent par fois entrevoir la lune qui trahira tout le mystère s'ils tardent encore une heure.

— Sainte Vierge ! protégez-nous,

dit la jeune fille en oubliant de modérer sa voix.

— Eh, maugrebleu! protégez-vous vous-même, murmura le meunier en grinçant des dents. La peste soit des femmes, avec leurs cris! voulez-vous donc attirer ici les piquiers cachés dans les ruines de mon moulin? vous faites à vous deux plus de bruit que les vingt hommes qui sont là, à trente pas.

— Là, là! maître Nicolas, dit gaiement celle qui n'avait pas encore parlé; nous nous tairons, plus de chagrin. Rassure-toi donc, Marguerite, continua-t-elle en s'adressant à sa compagne, et fions-nous à ce brave homme qui conduira tout à bien.

— Si je conduis tout à bien, répondit le meunier d'un ton mécontent, ce ne sera, maugrebleu, pas comme l'entend monseigneur d'Allègre. Oui, oui, fiez-vous à moi, jeunes filles, et non pas à lui; vous ne le connaissez pas.

— Ah! voilà ce que je craignais, soupira Marguerite; il a quelques mauvais desseins, j'en étais sûre....

— Fi donc! interrompit Henriette. Peux-tu soupçonner ainsi les intentions de ce bon monsieur d'Allègre! N'as-tu pas vu avec quel intérêt il s'est enquis de ton fiancé? comme il a relu avec attention la lettre de ton frère, pour voir si les termes en étaient d'accord avec les rapports qu'on lui a faits, et afin de bien s'assurer qu'en effet M. Philippe devait être à Saint-Bris? Rappelle-toi comme il m'a pressée d'écrire à ma sœur de ne pas manquer de faire évader avec elle tous les officiers du roi de Navarre, qui pouvaient se trouver en ce moment au château. Sois donc tranquille et ne te tourmente pas de craintes imaginaires.

— Oh! vraiment, répondit Marguerite avec un nouveau soupir, ce n'est pas pour M. Philippe que je tremble, c'est pour ta bonne sœur.

— Et pourquoi? Maître Nicolas t'a conté combien elle a paru joyeuse d'apprendre que nous l'attendions ici, pour la recevoir et la conduire en sûreté à la tour du beffroi ; les piquiers du moulin sont là pour nous prêter secours, s'il en était besoin, au premier appel ; et ne venons-nous pas de laisser le capitaine d'Allègre au pied de la tour, à portée de notre voix, veillant lui-même sur nous avec une grosse garde?

— Dites-moi, maître Nicolas, demanda Marguerite avec anxiété, la comtesse Diane vous a bien assuré qu'elle viendrait, n'est-il pas vrai?

— Madame la comtesse m'a chargé de vous recommander de faire tout ce que je vous dirai ; attendez seulement, et du silence.

— Tu vois bien, reprit gaiement

Henriette ; elle viendra, sois tranquille, et tout est à merveille.

— Les bavardes ! dit le meunier entre ses dents.

— Ne craignez pas, brave homme, répondit Henriette : voyez, je lui parle à l'oreille, et si bas, que vous ne l'entendez pas vous-même. Pense donc, continua-t-elle en s'adressant à Marguerite, pense, comme nous le disait tout-à-l'heure monsieur d'Allègre, à tout ce qui pourrait arriver, si les hommes d'armes de Saint-Bris allaient se mettre dans la tête de défendre le château contre les troupes du maréchal de Matignon, venu tout exprès de Bordeaux pour l'assiéger ! Sans monsieur d'Allègre, ma pauvre sœur allait pourtant se trouver dans cette bagarre ! et, comme il m'a bien recommandé de le lui écrire dans ma lettre, quand même la garnison rendrait la place de bonne grâce, ne vaut-il pas mieux que la pauvre comtesse soit tranquillement à la tour pendant tous ces arrangemens, sous la protection de notre oncle de Rabastains?

— En ce cas, repartit vivement Marguerite, pourquoi donc monsieur d'Allègre cache-t-il ce projet à ton oncle?

— Pourquoi? Marguerite, pourquoi? Peux-tu revenir encore là-dessus? En vérité, tu prends plaisir à te faire peur. Monsieur d'Allègre t'a répondu à cela trois ou quatre fois. Le seigneur de Rabastains, depuis qu'il a pris parti avec lui, ne parle plus que de tuer et de faire pendre les huguenots qu'il aimait tant l'autre jour; et tout est huguenot pour lui, dès qu'on est du parti des princes. Il est si parleur, qu'il ne pourrait se tenir de laisser paraître quelque chose d'une capture d'officiers du roi de Navarre devant le duc de Mayenne qui doit venir souper ce soir à la tour; ils s'enivreront certainement, et mon oncle ne s'y épargnera pas; tu peux être assurée que, s'il était instruit, il se vanterait alors de cette prise devant le général: cela compromettrait M. d'Allègre qui veut nous servir sans qu'il y paraisse.

— Ah! sainte Vierge, pourquoi avons-nous quitté le couvent? répliqua douloureusement Marguerite.

— Tais-toi donc, reprit Henriette en parlant un peu plus haut, et d'un ton enjoué; nous n'avons rien à craindre avec un franc et loyal ami comme monsieur d'Allègre. N'as-tu pas entendu qu'il a poussé la bonté pour nous jusqu'à menacer maître Nicolas que voici, de le faire pendre haut et court s'il manquait à bien remplir mon message à Saint-Bris, et à nous servir de son mieux?

—Du moins, je l'ai bien entendu, moi, reprit le meunier. Tenez, mes belles demoiselles, je n'aime tout cela ni pour vous, ni pour moi, ni pour vos messieurs.

—Vous me faites frémir, dit Marguerite; mais, dans ce cas, brave homme, pourquoi n'avez-vous pas engagé ces officiers à prendre un autre chemin, au lieu de venir ici comme monsieur d'Allègre le veut et vous a tant recommandé de les y engager.

—Par un autre chemin, mademoiselle? Impossible, tout-à-fait impossible! Les troupes du maréchal de Matignon cernent Saint-Bris de l'autre côté; elles l'entourent et sont auprès des fossés. Les espions ont rapporté à madame la comtesse que les soldats ont l'ordre de tuer, sans quartier, tout ce qui tentera d'en sortir pendant la nuit.

—Eh bien! le côté de la rivière est

encore libre; vous avez un bateau, on pourrait....

— La rivière est libre devant le château; mais au dessus et au dessous ils ont tendu des câbles à travers la Charente, auxquels sont amarrées de grandes barques remplies d'arquebusiers.

— Bon Dieu! mon pauvre maître Nicolas, que tout cela est effrayant! mais, écoutez; avant qu'il ne fît aussi noir, j'ai remarqué des bois de droite et de gauche de la prairie....

— Eh! vraiment, mademoiselle, c'était bien mon projet de les faire évader par là. J'en connais tous les détours....

— Eh bien?

— Eh bien, le chef du poste, caché dans mon moulin, est de l'ancienne garnison du château d'Allègre, et l'une de mes vieilles connaissances; il vient de me dire que, tandis que j'é

tais allé porter votre lettre à Saint-Bris,
des troupes de la Ligue se sont avan-
cées de tous côtés par ici. A la nuit
close, les bois ont été garnis d'un triple
cordon d'hommes de pied ; tous les
sentiers et les moindres passages sont
gardés par des gens d'armes que monseigneur d'Allègre a placés lui-même.
Il n'y a pas une seule issue praticable
jusqu'à la tour du beffroi, où il est
posté en personne.

— Nous sommes donc perdus ! s'é-
cria Marguerite en tremblant. Que
faire? O ciel !

—Oui, dit le meunier, oui, vos gens
sont perdus, si vous êtes assez folles
pour vous fier à monseigneur et pour
l'appeler à votre secours, comme il
vous l'a ordonné, dans le cas où je ne
ferais pas tout ce qu'il m'a commandé
en votre présence. Me promettez-vous
de m'écouter et de me laisser agir
comme je l'entends?

—Oui, par la sainte Vierge! répondirent les deux jeunes filles effrayées. Tout ce que vous croirez convenable....

—Silence! interrompit le meunier. Je crois que l'on m'appelle du côté du moulin... Oui, je reconnais la voix de ce damné d'ivrogne. Je vais voir ce qu'il me veut encore. Vous, mesdemoiselles, ayez les regards attachés sur cette masse noire, de l'autre côté de la rivière : c'est Saint-Bris. Quand nous apercevrons une petite lumière au donjon... là, au point le plus élevé, il sera temps d'aller voir si l'on répond au signal; mais, prenez garde, j'y ai déjà été trompé.

Le meunier était à peine sorti de la cabane, qu'Henriette, s'efforçant de rappeler sa gaieté, se reprocha de s'abandonner, comme sa craintive compagne, à des frayeurs puériles. En vérité, continua-t-elle, nous sommes

folles d'ajouter foi aux paroles de ce
misérable....

— Écoutons-le, dit Marguerite très
agitée, il parle avec quelqu'un tout
près d'ici....

En effet, arrivé proche du moulin,
Nicolas Rieul avait aperçu, de l'autre
côté du ruisseau, un soldat sans casque
et sans hallebarde, qui l'attendait avec
impatience. La pluie avait tout-à-fait
cessé, et la lune, quoique toujours
couverte de nuages, répandait un peu
de lumière sur ce point. A la faveur
de cette clarté douteuse, maître Nicolas
reconnut le sergent du poste, tenant
d'une main un gobelet d'étain et de
l'autre un broc de vin. Eh bien! qu'est-
ce? demanda le meunier; pourquoi se
montrer? l'ordre n'est-il pas de se
tenir caché sous la voûte?

— Ne te fâche pas, meunier, mon
bon ami, mon compère, répondit le
sergent à moitié ivre. C'est ton fils

Jean le renégat d'Angoulême qui arrive avec la cantine....

— Compère la Baume, je t'ai déjà dit que ce langage-là m'échauffe les oreilles : réforme-le, ou maugrebleu!...

— Ou maugrebleu, quoi? Père la Farine, mon ami, penses-tu faire peur au sergent la Baume?...

— Non, mon compère; mais si tu n'as rien de mieux à me dire, rentre sagement sous la voûte du moulin, et cache-toi....

— J'ai à te dire quelque chose, mon bon camarade : d'abord que c'est un grand bonheur pour l'armée que ton fils Jean le jacobin...

— Encore !

— Ah! tu ne peux pas te plaindre de ce que je dis là; je te parle poliment, et si je me réjouis de ce que le bon petit Jean a jeté le froc de Saint-Dominique aux orties pour se mettre commis aux vivres, c'est parce qu'il nous a donné d'un vin... Ah! quel vin! Nicolas, mon ami, il faut que tu y goûtes.

— Une autre fois, la Baume, grand merci de la politesse; mais tu sais bien que le seigneur de Rabastains, notre ancienne connaissance, va venir faire sa ronde de maréchal-de-camp, et que je suis ici pour l'attendre. Fais-moi seulement le plaisir de dire à mon fils de venir me parler, j'ai un mot à lui dire.

— Ton fils est retourné au village, mon vieux, répondit le sergent après avoir bu un coup de ce bon vin, objet de ses éloges. Mais, écoute-moi, Rieul : ce n'est pas de ton fils Jean le renégat qu'il est question; c'est de toi, mon bon et honnête camarade; oui, c'est de toi : sais-tu bien ce que nos gens racontent là, dans ton moulin?

— Non, et je ne m'en soucie guère... Adieu...

— Ils disent que c'est toi qui as fait le capitaine Duhallot, la nuit de l'incendie...

— Veux-tu te taire, interrompit le meunier, en revenant vivement sur ses pas.

— Ah! foi d'homme et de soldat, père la Meule, reprit le sergent plus ivre qu'auparavant; je te répète la chose, comme Michel prétend l'avoir entendu conter à la mère Benoît, hier à Saintes, en plein marché; elle soutient que tu avais une paire de moustaches qui te faisaient la plus drôle de mine...

— Te tairas-tu, misérable?...

— Qu'appelles-tu, misérable? cria le sergent à Nicolas qui s'éloignait une seconde fois. Tiens, manant, voici la planche, passe le ruisseau, et viens ici, que je te donne cent coups du manche de ma pique, pour t'apprendre à injurier un sergent. Moi, misérable! Attends, meunier de malheur, vieille tête enfarinée.....

Maître Nicolas, épouvanté, était accouru de nouveau près du ruisseau, sur les bords duquel le sergent essayait, en trébuchant, d'ajuster la planche destinée à servir de pont à l'ennemi qu'il provoquait à haute voix. Heureusement le vin inspirait d'ordinaire plus de bonne humeur que de colère à Labaume, qui, reprenant bientôt le ton de la cordialité avec son compère, voulut absolument, par affection, lui conter tout le mal que l'on disait de lui dans les environs. Maître Nicolas, ne pouvant arrêter le torrent de ce bavardage, s'efforçait du moins de le faire parler bas : — Oui, mon pauvre vieux père la Farine, continuait le sergent; oui, tu dis bien : parlons bas, mais parlons bien. Je te le répète du plus profond de mon cœur : si c'est réellement toi qui as joué le rôle du capitaine Duhallot avec des moustaches de suie et une épée à la maheutre; si tu as, comme on dit, machiné avec les gens de Saint-Bris la surprise du château.....

— Ne répète pas cela, mon compère, interrompit le meunier ; rien n'est plus faux ; c'est Duhallot lui-même qui a tout fait, on le sait bien à Saint-Bris...

— Oh ! reprit le sergent, on sait bien que c'est le capitaine Duhallot qui a fait sauter les fortifications dernièrement, mais je te parle de l'incendie de la nuit des Rois...

— C'est tout un, mon brave compère, tais-toi...

— Non, Nicolas, mon ami, laisse-moi achever ; il faut vite te sauver, si c'est toi qui as fait le capitaine Duhallot, vois-tu bien ; car, écoute-moi, vieux grippe-sous, mon bon compère: toute l'armée sait que monseigneur d'Allègre, notre noble maître à tous, a fait serment sur l'hostie.... sur l'hostie sainte, entends-tu bien, de se venger du capitaine Duhallot qui est en abomination dans tout le pays, et de le tuer comme un chien enragé partout où il le rencontrera; quand ce serait, comme il a dit encore aujourd'hui devant nous, quand ce serait dans la chambre du roi, dans l'église, et même sur les marches de l'autel privilégié de la cathédrale d'Angoulême... partout... partout... Ainsi, vois, mon pauvre compagnon! pour peu que tu te sois donné le plaisir de porter ce malheureux nom-là un seul jour, une minute seulement... tiens, que ce gobelet de vin me serve de poison, si......

— Sois tranquille, mon brave, dit le meunier, tandis que le sergent buvait; mais il faut que tu me rendes un grand service pour lequel il y a un écu pistolet à gagner...

— Parle, répondit le sergent, que la proposition rendit plus attentif; tu sais que je suis ton ami à pendre et à dépendre.

— Ne m'as-tu pas dit que mon fils Jean est retourné au village pour y chercher des vivres?

— Oui, et il va revenir tout à l'heure.

— Est-il seul, à pied?

— Non, son valet l'accompagne; ils sont tous deux à cheval avec les paniers de la cantine.

— C'est bon, mon brave. Eh bien, écoute; quand il sera de retour, donne-m'en avis en frappant trois coups dans les mains, et dis-lui de m'attendre; j'ai à lui parler de la part du maréchal de camp, entends-tu bien?

— Très bien; tu peux compter sur moi.

— Et toi, sur l'écu pistolet. Avertis le corps de garde que le seigneur de Rabastains va venir faire sa ronde. Moi, je retourne à mon poste, pour le guider, avec ses deux aides, dans le bas de cette prairie dont la pluie a fait un marais; ils ne tarderont pas à descendre de la tour, tous trois à pied.

— Il est sûr, observa le soldat, qu'ils pourraient bien, sans ton secours, s'embourber dans ces fondrières....

Le meunier était déjà parti, et le sergent continuait à lui adresser la parole. Mais enfin on cessa d'entendre son langage embarrassé par l'ivresse; il s'était arrêté pour boire un dernier coup, et, ne voyant plus personne devant lui, il finit par rentrer sous la voûte du moulin.

Marguerite n'avait pas perdu un mot de cette conversation. Au moment où le soldat répétait les impré-

cations du capitaine d'Allègre contre
Duhallot, elle saisit le bras de sa compagne, et lui dit tout bas en tremblant : Eh bien, Henriette, trouves-tu
maintenant mes frayeurs si puériles?
J'étais bien assurée que les feintes caresses de cet homme affreux cachaient
quelque dessein sinistre. N'en doute
pas, mon frère est au château ; l'ini-
mitié de d'Allègre et la haine des habitans de ce pays lui sont connues sans
doute, et il aura cru devoir cacher son
nom ; mais ce barbare soupçonne qu'il
est à Saint-Bris, et veut s'emparer de
lui : je me rappelle à présent ses questions... Avais-je raison de frémir?....

Le retour du meunier interrompit
les plaintes de Marguerite : Maître
Nicolas, lui dit-elle encore toute pal-
pitante d'effroi ; parlez, mon ami,
êtes-vous bien certain de n'avoir vu
que trois officiers du roi de Navarre
au château de la comtesse?

— Très certain, mademoiselle, je vous l'ai déjà dit.

— Bon Dieu! interrompit Henriette en affectant une gaieté déjà bien loin de son cœur, est-ce qu'il convient de paraître émue à ce point, du plaisir de revoir son fiancé? Laisse-moi questionner ce brave homme. Dites-moi, maître Nicolas, n'avez-vous pas entendu nommer l'un de ces officiers le capitaine..... Marguerite la tira vivement par sa robe. Non, continua-t-elle, je voulais vous demander, maître Nicolas, comment ils sont faits?

— Maugrebleu! mesdemoiselles, il est bien question de ces balivernes!

— Tiens, Nicolas, reprit Henriette en s'efforçant de rire; tu sais combien les jeunes filles sont curieuses: voici trois nobles-à-la-rose de douze livres, ils sont à toi si tu me donnes la satisfaction que je demande. Allons, dis-moi l'âge du plus jeune, à ce qu'il t'a paru.

— Eh ! mais, mademoiselle, répondit le meunier en prenant l'or, c'est un grand jouvenceau de dix-sept à dix-huit ans, je crois, blond, pas plus de barbe que sur la main.

— Ce n'est pas cela, maître Pierre, dit Marguerite ; le second ?

— Un homme de taille ordinaire, d'une figure ouverte, riante et pleine de bonté, un peu maigre, une barbe assez longue, le front haut, le nez...

— L'âge, l'âge ? interrompit Henriette.

— Mais, trente-cinq ans environ.

— Ce n'est pas encore cela ; le troisième ?

— Ah ! le troisième, jeunes filles ! ce sera *cela*, pour le coup : un beau cavalier de vingt-quatre ans au plus, de taille noble et élevée, bien fait, aux yeux bruns et brillans, avec de légères moustaches noires comme du jais, et deux jolis petits bouquets de barbe au menton..... Mais, chut! continua le meunier les yeux fixés sur le donjon. Voilà le signal, cette fois; allons, à l'ouvrage. Dans quelques momens je vous les amène tous trois ici.

En finissant ces mots, Nicolas Rieul disparut derrière les saules du rivage. — Eh bien! demanda vivement Henriette à Marguerite, est-ce bien là le portrait de ton fiancé?

— Henriette, je suis morte, répondit-elle en se jetant à genoux, les mains jointes. Sainte Vierge! ce n'est point Philippe; c'est mon frère : le tigre va le massacrer!

CHAPITRE IV.

L'ÉVASION.

Arrivé au même lieu où déjà il était venu imiter le cri de la chouette, Nicolas Rieul recommença son jeu. On répondit cette fois par un léger coup de sifflet; et le meunier, plongeant alors profondément le bras dans l'eau, en retira une corde qu'il manœuvra ensuite avec effort, jusqu'à ce qu'il eût amené de l'autre rive un batelet, sur les bancs duquel étaient assis trois hommes. Ils s'élancèrent à terre en abordant, et Nicolas enfonça le bateau dans la Charente : Que faites-vous? lui demanda l'un d'eux; et les demoiselles que vous devez conduire au château?..

— Je sais ce que je fais, répondit brusquement le meunier, suivez-moi seulement.

— Elles ne sont donc pas là? reprit la même voix.

— On vous dit de suivre, répliqua le meunier tout bas; et plus de paroles.

Tous trois s'acheminèrent vers la cabane, en s'attachant aux pas de Nicolas Rieul, impatienté de les entendre rire et badiner entre eux de son air de résolution. A peine était-il entré sous le demi-toit de la chaumière, que s'adressant au plus jeune : Çà, lui dit-il, mon gentilhomme, donnez-moi le paquet; maugrebleu! je tremblais que vous ne l'eussiez oublié.

— La peste! mon maître, je n'avais garde, répondit le page; vous me l'aviez trop chaudement recommandé; le voici.

—Donnez donc, reprit le meunier,

et dépêchons; vite affublez-vous de la défroque du seigneur de Rabastains.

—A quoi bon? demanda l'officier le plus âgé; et pourquoi cette mascarade? n'avons-nous pas nos épées? guide-nous, bonhomme.

—Nos épées! répéta maître Nicolas d'un ton rude et moqueur: vous feriez de bonne besogne avec votre épée, vous qui parlez!

—Malheureux! s'écria Duhallot, sais-tu bien à qui?.....

—Pas un mot de plus, capitaine, interrompit le premier officier; laisse dire maître Nicolas. La dame de Saint-Bris nous l'a donné pour un bon compagnon, et un homme de toute confiance. Voyons ses raisons....

—Nous ne sommes pas seuls, observa vivement Duhallot, en s'armant d'un pistolet; j'entends quelqu'un remuer dans ce coin obscur....

—Ne craignez rien, monsieur, dit
Henriette d'une voix entrecoupée par
la peur. La comtesse n'est donc pas
avec vous?

—Ah! voilà les jeunes filles, reprit gaiement le premier officier qui
se dirigea tout de suite à tâtons de leur
côté. Oui, vraiment, continua-t-il en
s'emparant d'une petite main qu'on
avançait vers lui pour le tenir éloigné:
oui, c'est bien cela, continua-t-il;
vous demandez la comtesse, ma belle
enfant? ne l'attendez plus, elle ne viendra pas : c'est vous qui deviez aller la
joindre; il avait été convenu que le
bateau vous conduirait au château;
mais, tout décidément, maître Nicolas
a changé cette disposition... Comme
elle tremble ! la pauvre petite !....

—Voilà bien du temps perdu, interrompit le meunier avec humeur.

Pendant ce dialogue, Marguerite,
ayant reconnu son frère à la voix, l'a-

vait entraîné à quelques pas, après s'être
nommée, et l'entretenait à voix basse.
Duhallot, instruit par elle de ce qui se
passait, la quitta brusquement, et vint
en donner avis à l'autre officier, qui
lui répondit d'un ton assuré : Vraiment ! le prennent-ils ainsi ? Eh bien,
enfans ! nous saurons mourir en braves
gens ; mais, par cette épée ! nous leur
vendrons cher notre vie.

— Vous vendrez le diable, reprit
le meunier d'un ton dédaigneux : toujours votre épée ! eh maugrebleu ! ne
tranchez pas tant du bravache et du
fendant, mon officier, et laissez-moi
faire, comme vous a dit madame la
comtesse. Dans une demi-heure au
plus, et sans tant de belles paroles,
je vous aurai mis tous trois en lieu
sûr, si l'on me laisse tout conduire
comme je l'entends ; j'ai reçu les en-
jeux, et je suis homme de parole.

— Eh bien ! voilà de mes gens !

dit en riant l'officier; le meunier a raison; laissons-le agir à son gré. Mais comment t'y prendras-tu, mon résolu? car il paraît que nous sommes encore plus étroitement cernés par ici que de l'autre côté?

—Tout cela n'est rien, si vous vous montrez raisonnables, répondit maître Nicolas; qu'on m'écoute donc bien, et qu'on m'obéisse sans réplique. Je suis aussi intéressé que vous au succès; car, maugrebleu! je me sauve avec vous, je vous en avertis.

—Oh! mon Dieu! et nous? demanda Henriette.

—Calme-toi, lui dit vivement Marguerite : nous remonterons à la tour...

—Ah! voici l'autre demoiselle, s'écria l'officier en allant à elle; c'est une voix encore plus douce, et je parie qu'elle n'est pas moins jolie!

—Mettons-nous donc vite à la besogne, reprit le meunier; car, si nous

nous laissons surprendre ici, nous cou-
rons tous la chance d'être pendus.

—Pendus! répéta le page en fureur,
et saisissant le meunier par le collet.
Oses-tu bien?....

—Pendus, morveux! répliqua maître Nicolas en repoussant vigoureuse-
ment le page, qui vint rouler à quatre
pas de là, aux pieds des demoiselles
et de l'officier, sur le chaume tombé
du toit.

Marguerite fit un petit cri, Henriette étouffa un éclat de rire. Allons,
dit l'officier égayé par l'action du
meunier ; je vous dis que c'est un
homme d'exécution, et le plus résolu
du monde. Relève-toi, mon pauvre
garçon, continua-t-il en s'adressant au
page ; et obéis à mon résolu, comme
à moi-même ; je le veux, hâtons-
nous.

—Les diables de gens! murmurait
Nicolas en cherchant à terre le paquet

de hardes : ah! le voici..... Allons,
mon jeune gentilhomme, pas de ran-
cune, mais, voyez-vous, je suis vif en
diable; ne m'impatientez plus, tout
n'en ira que mieux. Voyons, c'est
vous dont la taille est le plus sem-
blable à celle du seigneur de Rabastains; il faut donc mettre ses habits,
et ne vous inquiétez pas du reste. J'ai
dit là, au poste que nous allons traverser, que le maréchal-de-camp va
venir faire sa ronde; mais il est à souper à la tour, et il n'en bougera; je
connais le daron.....

— Quelle idée! interrompit l'officier; s'il est question de passer à travers le camp ennemi, sous le déguisement du vieux Rabastains, au moins
faudrait-il avoir ses armes, et non de
vieilles nippes. Si fou que soit le bonhomme, on ne s'attend certainement
pas à lui voir faire sa ronde en manteau de courtisan.

— On le verra ce soir, répondit le meunier, comme on l'a vu, toute la journée, marcher avec l'armée, qu'il a fait rire assez, quoiqu'il y soit comme des moindres goujats, comme le loup blanc. Il est parti de Niort la nuit, au moment qu'il s'y attendait le moins, et sans trop s'inquiéter d'armes ni d'habillemens, puisqu'il en a un magasin à Saint-Bris, où nous ne le voyons que trop souvent. Aussi ai-je pu choisir dans sa garde-robe tout ce qu'il nous fallait pour notre déguisement; dépêchons-nous, maugrebleu!

— Voyons donc comment maître Nicolas sortira d'affaire, reprit gaiement l'officier; et si la ruse de guerre du meunier ne réussit pas, nous portons chacun, quoiqu'il en dise, de quoi nous ouvrir un passage; ou bien..........

— Que de langage! dit maître Nicolas en colère; mêlez-vous de cau-

ser avec les demoiselles, monsieur
l'entendu qui m'appelez votre résolu.
Nous vous avertirons quand tout sera
prêt.

—A la bonne heure, répliqua l'officier en riant de plus belle. Eh bien!
à la grâce de Dieu!

Il se remit, en effet, à parler bas avec
Marguerite, Henriette et Duhallot.
Cependant Nicolas aidait le page à
s'habiller; il lui ôtait son petit cha-
peau pointu de feutre, à plumes rou-
ges et droites, et comprimant sa che-
velure blonde et bouclée sous un
bonnet de soie noire, il lui campa
sur la tête la barrette de Rabastains,
d'où pendait un bouquet de plumes
blanches renversées. Le page, dépouillant son pourpoint de drap gris,
en mit un de taffetas bleu à crevées;
il releva ensuite son énorme haut de
chausses, et en dissimula l'ampleur,
tandis que le meunier lui attachait au

col une large fraise fortement empe-
sée, et lui recommandait de bien en-
foncer son menton sous les plis arron-
dis, afin de déguiser le défaut de
barbe. Le jeune homme prit ensuite
des mains de son rustique valet de
chambre, un manteau de velours ama-
rante brodé d'or, dont il s'enveloppa,
en se drapant à la manière de Rabastains qu'il avait vu quelquefois.

Maintenant, lui dit le meunier en
lui présentant un *touret de nez*, voici
la meilleure pièce de notre sac; ajus-
tez-moi cela au beau milieu de votre
visage.

—Pouah! s'écria le page, du diable si je m'affuble de ce vieux masque!

—Maugrebleu! dépêchons, reprit
le meunier furieux; vous feriez tout
manquer; voulez-vous donc nous perdre tous tant que nous sommes? la
manigance entière est dans le *touret*

de nez; il n'y a pas d'enfant à dix lieues à la ronde qui ne reconnaisse le seigneur de Rabastains à ce signe, pas de soldat en France qui ne lui porte les armes; c'est notre ange gardien, maugrebleu!

—Il a raison, dit l'officier, le *touret de nez* est notre Palladium; allons, mon enfant, mets vite ce brave *touret.*

A ce moment, trois coups fortement frappés dans les mains, près de là, éveillèrent l'attention de tous les acteurs de cette scène, et suspendirent la toilette du page. — Qu'est-ce là? demanda l'officier.

— C'est ce que j'attendais, répondit le meunier; tout va bien; ôtez-moi vos écharpes blanches, vous autres messieurs les officiers, et vous en trouverez de noires, à la ligueuse, dans le paquet : attendez-moi là.... Mais, à propos, mon beau page, saurez-vous bien prendre le ton du seigneur de Rabastains?

—Par la tête-dieu pleine de reliques! dit le jeune homme en imitant le langage et l'accent du doyen des vainqueurs de Cérisolles; sais-tu bien, manant mon ami, que j'ai gagné plus de batailles que tu n'as moulu de grains de blé?

—A merveilles mon gentilhomme, s'écria le meunier transporté de joie; tenez-vous donc là cois tous les trois, jusqu'à ce que je vienne vous chercher.

Le sergent de piquiers, impatienté du retard de maître Nicolas, venait de répéter le signal : Que de bruit! lui dit-il en s'avançant lentement; eh maugrebleu! me voici. Jean est-il là?

—Oui, répondit Jean lui-même; c'est moi, mon père. Venez boire un coup avec nous, et vous réchauffer un peu.

—Ah! vraiment, boire! me réchauffer! j'en ai bien le temps. As-tu
là tes chevaux, mon garçon?

Oui, mon père.

—Eh bien, dis à ton valet de les
débarrasser des paniers de la cantine,
pour le seigneur de Rabastains et son
aide qui viennent de visiter à pied
les postes de la prairie, et qui veu-
lent aller voir maintenant comme tout
va au bois de Tonnay. Le diable soit
du bois de Tonnay et de la ronde!
il faut que je les y accompagne, afin
de les guider, à cause du débordement
de l'étang où ils pourraient donner
par cette maudite obscurité. Chien de
métier! allons, va vite, continua-t-il
d'un ton bourru, ne m'as-tu pas entendu?

—J'y cours, mon père.

—Et toi, Labaume mon ami, fais
mettre tes piquiers sous les armes, et
tiens toi droit, si tu peux; car le ma-

réchal-de-camp est dans un de ses grands accès de colère, et il n'y fait pas bon; dis que l'on pose la planche pour qu'il passe le ruisseau avec son monde, et dépêche; je vais aller l'avertir que tout est disposé.

Marguerite prêtait une oreille attentive à ce dialogue; son cœur battait avec violence; elle étouffait et ôta son masque pour respirer plus librement. Quand elle entendit les pas du meunier qui venait chercher son frère pour tenter cette expédition hasardeuse, où sa vie pouvait être menacée, elle se jeta pieusement à genoux, les mains et les regards élevés vers le ciel, et adressant à la Vierge les plus ardentes prières. Au même instant, la lune, se dégageant tout à fait des nuages qui la voilaient, brilla de tout son éclat, et inonda de lumière la charmante figure de Marguerite : Ventre-saint-gris ! qu'elle est belle ! s'écria l'officier, ravi en extase à l'aspect de cette vision céleste.

La jeune demoiselle se couvrit aussitôt la tête avec le camail de sa capote, et replaça le masque suspendu à son cou par un cordon.

—Au nom du ciel ! mademoiselle, lui dit l'officier, ne me privez pas du plaisir de contempler encore tant de beauté !

En vain le meunier l'appelait en lui répétant qu'il était temps de partir.— Non, non, répondit-il, allez où bon vous semblera ; jamais je n'ai rien vu de plus admirable que cette figure d'ange.

Les jeunes gens effrayés s'épuisaient infructueusement en supplications, pour l'engager à sortir de la cabane ; rien n'y faisait ; l'officier n'était plus occupé que de la belle Marguerite. Cependant Duhallot lui adressa tout bas quelques mots qui parurent enfin l'émouvoir : Eh bien, répondit-il, que je la voye du moins encore une fois : Mademoiselle, continua-t-il en parlant à Marguerite avec ardeur, mais du ton le plus respectueux, ne me refusez pas cette unique faveur.

— Très volontiers, monsieur, lui dit gracieusement Marguerite en se découvrant ; si ma figure a pu vous plaire, c'est sans doute parce que vous y avez lu l'expression du bonheur que j'éprouve en vous voyant si près d'échapper au péril qui vous menace. Ne me tenez pas plus long-temps en crainte ; allez, messieurs, allez ; que Dieu vous accompagne et vous protége ! mes vœux et mes prières vous suivront partout.

— Ventre-saint-gris ! qu'elle est belle ! répéta l'officier ; non, ce souvenir ne s'effacera jamais de ma mémoire.

— Il est bien question de beauté

et de mémoire, dit le meunier en colère. Eh maugrebleu! venez, ou nous
allons partir sans vous; et vous, mesdemoiselles, ne remontez pas à la tour
avant une bonne heure au moins. Il
faut nous laisser le temps d'être éloi-
gnés d'ici.

Ils sortirent enfin; les jeunes filles
retombèrent à genoux, et se mirent en prières, leurs rosaires à la
main. La lune s'était de nouveau voi-
lée d'épais nuages, et la nuit plus
obscure favorisait l'entreprise du meunier. Le groupe des officiers étant arrivé près du moulin, le jeune page
prit le maintien du seigneur de Rabastains et sa voix nasillarde en apos-
trophant le sergent dont maître Nicolas
venait de lui dire le nom : Avance à
moi, Labaume, lui commanda-t-il en
affectant de parler très bas; je vais
parier que le coquin est encore ivre
mort!

—Pardon, monseigneur; répondit
le sergent en balbutiant; non, non,
vous perdriez la gageure; car je meurs
de faim et de soif, on nous laisse manquer de tout.

— Tais-toi, drôle! interrompit le
page avec dureté. Il y paraît, tête-
dieu! à ta prononciation. Viens à moi
tout à l'heure, si tu peux passer sur
cette planche sans te laisser cheoir
dans le ruisseau.

Labaume traversa le pont fragile, à
l'aide de son compère le meunier qui
lui tendit la main.

— Approche, reprit le page, et
prends garde à prononcer bien distinctement le mot d'ordre, ou, par
la tête-dieu pleine de reliques, je te
fais pendre demain aux créneaux de la
tour, pour t'apprendre à être sobre
quand tu es de service aux avant-
postes... Au large, manant mon ami,
dit-il au meunier; ne fais pas sem-

blant de soutenir cet homme pour surprendre le mot d'ordre.

— Oui, monseigneur, répondit
humblement le meunier, je vais faire
approcher les chevaux.

— Va donc, répliqua le page, et
que tout soit prêt. Allons, Labaume,
approche, ivrogne, et prie Dieu que
le vin n'ait pas troublé ta mémoire....
De ce côté,... dans ma bonne oreille,
tête-dieu! parle net, ou je te dague
tout à l'heure, comme un chien, pour
l'exemple.

Le sergent, troublé par la crainte
et les fumées du vin, s'appuyait sur
sa pique, fort occupé du soin de se
maintenir droit sur ses jambes trem-
blantes. En distinguant tout près de
lui la fraise, le bouquet de plumes
renversées et le fameux *touret de nez*
du seigneur de Rabastains, il se pen-
cha sur son oreille, et lui dit tout bas,
mais fort distinctement : *Saint Bar-*

thélemy et Notre-Dame de Fontenay.

Le page, l'ayant senti chanceler, le soutint jusqu'à ce qu'il eût fini de parler; après quoi, lui retirant brusquement l'appui qu'il lui prêtait, il le laissa tomber à terre de tout son poids, traversa lentement le pont, suivi des deux autres gentilshommes, et commanda aux soldats d'aller relever l'ivrogne et de le porter au corps-de-garde. Pendant ce mouvement, le page fit monter l'officier sur le meilleur cheval, et parodiant les efforts d'un vieillard, il se mit lourdement en selle sur celui du valet de Jean Rieul. Puis, ils s'éloignèrent au pas, guidés par maître Nicolas et accompagnés par Duhallot à pied.

CHAPITRE V.

LA DISPENSE.

———

LE même soir, un peu avant le coucher du soleil, d'Allègre, avec une compagnie de cavalerie légère, était arrivé à la tour du beffroi, seul débris du château de ses pères. Il venait de traverser ses domaines dévastés, abandonnés par les habitans; c'était à la vue de cette désolation générale et des ruines de sa maison, que la rage de Cristophe avait éclaté en horribles imprécations contre Duhallot, accusé par le cri public d'être l'auteur de ce désastre. Bientôt cependant l'espoir de la vengeance et les travaux de la guerre l'avaient distrait de sa douleur;

il ne s'était plus occupé que du soin d'assigner aux troupes qui le suivaient de près, les divers postes où leur présence était nécessaire pour l'accomplissement des projets concertés entre lui et Mayenne. Mais, outre le plan général, d'Allègre avait en vue des desseins particuliers, dont l'exécution l'intéressait bien davantage, et ses regards se reportaient à chaque instant, avec une vive expression d'impatience, vers la route par laquelle s'avançaient, trop lentement à son gré, les litières des demoiselles que protégeait Rabastains avec une forte escorte.

En attendant, conduits par le commis aux vivres Jean Rieul, qui connaissait parfaitement tout le pays, une partie des lanciers albanais parcourait les villages et les hameaux déserts, chargeant sur des chariots les meubles, les ustensiles, les lits et le linge qu'ils

découvraient dans les maisons aban-
données. Ils apportèrent ce butin à la
tour, dont l'intérieur offrait, à chacun
de ses quatre étages, une vaste pièce
et quelques cabinets pratiqués dans
l'épaisseur des énormes murailles. Le
rez-de-chaussée fut d'abord promptе-
ment converti en cuisine; la pièce du
premier, en salle à manger; on des-
tina celle du second au logement des
demoiselles et de leurs femmes.

A peine arrivées, d'Allègre s'était em-
pressé de les conduire à leur chambre,
et après avoir placé une garde d'honneur à la porte, il leur avait fait demander la permission de venir prendre
leurs ordres. C'est alors qu'il avait pu
concerter avec elles le plan qui semblait avoir pour but d'amener la comtesse à la tour, afin de lui épargner les
horreurs d'un siége. Cette idée, en
séduisant l'inexpérience d'Henriette,
l'avait déterminée à se prêter au projet

de d'Allègre, qui savait bien que Diane
ne se laisserait pas tromper à ce piége
grossier ; mais il ne doutait pas qu'i-
gnorant encore la présence de l'armée
de la Ligue sur la rive droite de la
Charente, elle ne profitât du bateau
de Nicolas Rieul pour faire évader ses
hôtes, qui ne pouvaient manquer alors
de tomber entre ses mains ; c'est tout
ce qu'il voulait. Du reste , il espérait
que les jeunes filles traverseraient la
rivière avec le meunier, et le dé-
barrasseraient ainsi du soin de les
protéger plus long-temps. Tout ayant
donc réussi d'abord au gré de ses
souhaits, la nuit venue, d'Allègre,
de concert avec les demoiselles, avait
déclaré qu'elles allaient se renfermer
jusqu'au lendemain, et qu'elles demandaient seulement quelques provi-
sions pour leurs femmes.

Il n'était pas besoin de tant de pré-
cautions pour éviter les importunités

du seigneur de Rabastains. Tout entier à l'occupation la plus sérieuse de
sa vie, le maréchal-de-camp était d'a-
bord entré à la cuisine, laissant à son
gentil Cristophe la fatigue des dispositions militaires et des détails de l'admi-
nistration. D'Allègre, en effet, ne s'en
rapportait qu'à lui-même de ces soins
importans; et le vain titre qu'il avait
donné au guerrier émérite, n'était
qu'un prétexte pour s'emparer de l'oncle de la comtesse, afin de se servir
de lui comme d'un instrument utile
au dessein qu'il méditait.

Un grand nombre de mulets chargés de coffres décorés des armes de
Mayenne avaient précédé les litières;
c'étaient des cantines pleines de pro-
visions de toute nature : une brigade
d'officiers de bouche, de cuisiniers,
de sommeliers, de rôtisseurs, à la livrée du général, s'étaient emparés du
rez-de-chaussée de la tour, et Rabas-

tains, en entrant, put contempler avec
ravissement des apprêts qui flattaient
autant ses regards que son odorat. Sa-
tisfait de cette première inspection,
il s'empressa d'aller veiller à la disposition de la salle du banquet.

Quatre assiettes d'argent, avec de
riches couverts et de grands gobelets
dorés, étaient placés près l'un de
l'autre à une table immense, qui chan-
celait sur ses appuis de hauteur iné-
gale, et dont les planches mal jointes
étaient cachées, dans toute son éten-
due, par plusieurs petites nappes d'une
toile grossière et de nuances diffé-
rentes; les valets l'avaient déjà chargée de flacons et de cruches de vin
en grande quantité, d'un énorme jambon, roi de la fête, paré de sa couronne de laurier, et qui régnait,
comme du haut d'un trône magnifique, dans une pièce d'argenterie ar-
tistement ciselée, enrichie de pierres

précieuses et de figures en relief d'un
travail exquis. A l'entour on voyait
quelques pâtés dont les brèches faisaient honneur à l'appétit des convives
qui les avaient attaqués le matin : ces
mets reparaissaient au souper dans des
plats d'étain ou de terre brune de la
plus vile espèce. Des intervalles mé-
nagés entre eux marquaient les places
qu'allaient venir occuper les viandes
qui rôtissaient en bas, à grand feu.
Enfin, une multitude de bougies plan-
tées dans des goulots de bouteilles
vides, ou piquées sur les pointes de
hauts chandeliers de cuivre argenté,
provenant du pillage des églises, jetaient une lumière brillante sur ce
service, bizarre mélange d'un luxe
somptueux et d'une grossièreté rustique.

Rabastains ne fut pas surpris de
l'abondance excessive de ce repas préparé pour quatre personnes ; il con-

naissait de longue main Mayenne et la
prodigieuse exigence de son robuste
estomac : il s'étonna seulement de ne
pas le trouver encore dans la salle,
gourmandant la paresse des valets, et
impatient de livrer la guerre à tous ces
bons morceaux. Mais bientôt sa voix
tonnante retentit dans l'étroit escalier
de la tour; il s'adressait au capitaine
Sacremore, son favori : Que veut ce
curé? lui demandait-il; par la croix
de Lorraine! amène-le nous ici, Sacremore, mon ami; il nous dira le
Benedicite.

Mayenne parut alors; son ventre
monstrueux était emprisonné dans une
cuirasse d'acier : il avait la tête couverte d'un casque ombragé par un vo-
lumineux panache de plumes noires,
d'où l'eau de la pluie, dont il venait
d'être inondé, tombait à grosses gout-
tes sur ses armes ternies : Ah! s'écriat-
t-il plein de joie, en apercevant Ra-

bastains, voilà mon vieux camarade de guerre.

— Un serviteur de la noble maison de Guise, répondit Rabastains en se redressant, mal payé jusqu'ici de ses longs travaux, mais qui.....

— Et de plus un brave compagnon de table, interrompit Mayenne : ah ! Rabastains, mon bon ami, va les faire hâter, et que nous soupions tout à l'heure. Et vous, valets, ôtez-moi vite cet attirail, ces brassarts, ces gantelets et cette diable de cuirasse surtout : coupez, coupez, sortez-moi de prison, que je mange et que je boive à l'aise... Ah ! le temps maudit ! quel orage !

Tandis qu'on désarmait le général, le capitaine Sacremore entra enfin, poussant rudement devant lui un religieux de Sainte-Geneviève, en soutane blanche, avec son rochet de lin, vieillard faible et timide, et dont les traits

décomposés attestaient la frayeur. La
figure du favori de Mayenne suffisait
en effet pour inspirer l'épouvante : de
larges moustaches noires s'élevaient
en pointe jusqu'à la hauteur de ses petits yeux, et ajoutaient à l'expression
naturelle de férocité de ce visage pâle
et cicatrisé ; il était sans casque ; ses
cheveux bruns, courts et crépus, lui
cachaient tout à fait le front, et s'unis-
saient à ses sourcils épais et mobiles,
qu'il agitait d'un air terrible. Du reste,
une casaque de velours noir usée, qui
couvrait entièrement son armure, ses
gestes superbes, sa parole brève et
brutale, complétaient la ressemblance
exacte de ce personnage avec celui
du capitaine Cocodrillo, acteur obligé
de toutes les farces italiennes que la
reine-mère se plaisait à faire représen-
ter à Paris, à l'hôtel de Reims.

—Eh bien? lui demanda Mayenne
qu'amusait l'effroi du genovéfain, que

veux-tu faire d'un pauvre diable de moine tout mouillé?

— C'est lui qui veut, répondit Sacremore; tenez, continua-t-il en montrant sur la table les chandeliers d'église et le plat du jambon; voilà ce qu'il demande; le moine réclame ses nippes et nous traite de voleurs.

— Je n'ai pas prononcé ce mot injurieux, monsieur le capitaine, dit l'ecclésiastique. Seulement, en reconnaissant entre les mains des gens de son excellence ce plat du pain bénit et ces chandeliers pillés dans l'église de mon prieuré par les huguenots....

— Il a raison, interrompit Mayenne d'un air de bonté; tu vois bien, Sacremore, que c'était une simple explication que voulait ce bon religieux; il ne faut pas le maltraiter. Le souper, le souper!

— Je suis prieur du couvent de Tonnay, monsieur le duc, reprit le genovéfain, et voilà M. de Rabastains qui me connaît et peut vous dire...

— Je vous connais, et je vous donne pour un respectable prêtre, et des plus exemplaires de la province, dit Rabastains.

— Je m'en réjouis donc bien fort, répliqua Mayenne., et soupons.

— Ainsi j'ose espérer, repartit le prieur, que le chef des guerriers catholiques de la Sainte-Union me fera rendre justice. Ce riche plateau...

— Justice, oui, répondit Mayenne. Quant au plateau, mon révérend, souillé comme il l'est par ces vilains huguenots à qui mes soldats l'ont repris en les tuant, il profanerait votre église, bon prieur; nous vous en donnerons de bien plus beaux, vraiment! quand nous aurons exterminé tous ces gueux-là. Soupons donc; nous autres, et vous, mon révérend père, allez en paix.

Ainsi, reprit le genovéfain timidement, il est donc vrai que ceux qui se disent les défenseurs de la religion.....

— Qui se disent! répéta Mayenne irrité. Et qui donc en prendra le titre, si ce n'est nous, méchant moine que tu es? N'est-ce pas pour la défense de la religion que nous nous épuisons de veilles et de fatigues, que nous versons notre sang, et que tant de braves parmi nous meurent tous les jours martyrs de la foi de leurs pères? Qu'appelles-tu, qui se disent! moine de malheur! Par la double croix de Lorraine que je porte à ce chapelet, je ne sais qui me tient que je ne te fasse pendre! Ne serais-tu point par hasard quelque huguenot déguisé?

— Sans le seigneur de Rabastains qui répond de lui, cria Sacremoré d'une voix éclatante, je croirais que c'est un espion, et je ferais tout à l'heure brancher le papelard au premier arbre du voisinage.

En ce moment, les valets entraient dans la salle, chargés de plats de rôts dont l'odeur et l'aspect désarmèrent tout à coup la colère de Mayenne : Non, non, dit-il en hâtant sa marche pesante vers la table; non, qu'on ne pende pas le prieur, cela nous ferait perdre trop de temps. Viens manger, Sacremore, et qu'on mette ce galant homme à la porte... Mais, non, qu'on le fasse approcher, et qu'il nous dise le *Benedicite*; il faut lui montrer que nous avons de la religion, quoi qu'il en dise, et que nous remplissons tous nos devoirs de bons catholiques.

Sacremore entraîna devant la table le religieux qui s'apprêtait, les yeux baissés, à réciter la prière, avec tous les signes d'une grande frayeur; mais, à l'aspect de cette profusion de viandes un jour de jeûne, sa peur s'évanouit comme par enchantement; se prévalant alors, contre le général, de l'avantage qu'il lui donnait par cette infraction manifeste d'une loi généralement respectée, et dont il était le ministre, le religieux refusa fermement de consacrer par ses prières un acte public d'impiété, et s'en expliqua sans ménagement devant tout le monde. Mayenne, déjà placé commodément à table, se leva brusquement, les yeux ardens, cette fois, d'une véritable colère : Comment ! mauvais prêtre, lui dit-il, oses-tu bien ainsi scandaliser toute ma maison ?

— Le scandale vient de qui fait le mal, répondit le genovéfain, et non pas.....

— Il vient de toi seul, méchant moine. Qu'avais-tu besoin de nous parler de vigiles, quand personne ici n'y pensait seulement ? Au diable la remarque !

Cet incident fit une grande sensation. Dans ces jours d'ignorance et de fanatisme, on se faisait peu de scrupule de dépouiller le clergé, et de s'approprier ses biens. Des laïcs, des hommes mariés possédaient des bénéfices, des prieurés, des abbayes de moines, et jusqu'à des évêchés, dont ils léguaient la survivance à leurs enfans; ils en assuraient même les revenus, comme douaires, à leurs femmes, par contrat de mariage ; enfin, on commettait effrontément mille impiétés, on s'abandonnait aux excès les plus honteux, aux crimes les plus atroces, sans cesser d'être bon catholique. Mais manquer d'exactitude à l'heure des offices, aller sans chapelet, et surtout faillir à faire maigre un jour de jeûne, cela sentait son huguenot, c'était un véritable outrage à la religion; car c'était là, pour les grands comme pour le peuple abruti, toute la

religion. Aussi les paroles du genovéfain venaient-elles d'exercer une auto-
rité redoutable sur la foule qui se pres-
sait dans la vaste salle. Le religieux se
sentait maintenant un appui dans les
consciences de cette multitude imbé-
cile qui l'aurait laissé pendre, un moment auparavant, comme espion ou
comme rebelle à la volonté du général de la Sainte-Union. La scène avait
donc pris une face nouvelle : le prieur
retrouvait toute son assurance; Sacremore, moins audacieux, rongeait son
frein en jurant, et Mayenne déconte-
nancé promenait des regards conster-
nés sur le souper. Rabastains rompit le
premier le silence : Tête-dieu! dit-il,
monsieur de Mayenne, il n'y faut pas
tant de façons, et nous pouvons sortir
d'intrigue sans trop de difficultés, si
ce vénérable ecclésiastique consent à
se prêter quelque peu à la circonstance.

Tous les yeux se portèrent alors sur Rabastains ; et, pour la première fois peut-être, on contempla, sans éclater de rire, sa figure bizarre, tant la chose paraissait grave : Oui, monsieur de Mayenne, reprit-il avec importance, nous nous trouvâmes dans un cas tout pareil, à ce fameux siége de Thionville où commandait feu le grand duc de Guise, monsieur votre père. C'était un mercredi, jour des quatre-temps ; feu monsieur le maréchal de Strozzi, mon grand ami, qui peu de jours après fut tué là, en 1558.....

— Eh ! Rabastains, interrompit le général désolé de ce préambule ; vite au fait, mon ami, car tout ceci refroidit.

—J'y viens, monsieur de Mayenne. Donc, feu monsieur le maréchal de Strozzi nous avait fait préparer un excellent repas, tout de viandes exquises, le soir de ce jour de jeûne extraordinaire, auquel, comme aujourd'hui, personne n'avait songé, non plus qu'à Jean de Wert, au milieu de tous ces mouvemens de guerre; feu monsieur le maréchal en fut aigrement repris par l'aumônier de son régiment : « Mort « de ma vie! lui dit-il, l'abbé mon « ami, je n'en aurai pas le démenti, « ni ma courte honte; et tu vas tout « à cette heure me baptiser ce paon « aux plumes dorées en bel estur- « geon; cette oie grasse en brochet, « et cette poularde en belle carpe de « Dieu. » Or, le bon abbé, sans plus se faire prier, s'arma d'un goupillon, et nous rendit bravement ce grand et notable service qui lui gagna tous nos cœurs. Il nous sauva ainsi du péché, et prit dévotement sa part du repas, tourné de la sorte tout en maigre.

—Bravo! s'écria Mayenne ravi de joie; allons, prieur mon ami, à la besogne : baptise, mon révérend, bap-

tise à tour de bras, et ôte-nous de ce
souper tout le mal qui peut s'y trouver contre notre intention et notre volonté, car nous sommes de vrais catholiques.

—Faites-moi donc maintenant conduire au supplice, dit le prieur avec
force; avant que d'avilir mon saint
ministère par cette lâche et sacrilége
complaisance, je subirai mille morts
sans me plaindre.

—Ah! bon moine, répondit tris-
tement Mayenne, tu sais bien que je
ne suis, au fond, ni méchant ni cruel,
que tes jours sont en sûreté ici, et
voilà pourquoi tu parles de la mort
avec tant de courage.

—Je parle au nom de la religion
que vous outragez, reprit le genovéfain en s'animant à la vue de son ennemi qui mollissait; je défends réellement, moi faible lévite, la cause
de Dieu, dont vous vous prétendez

faussement les défenseurs. Je milite
en faveur de l'Église que vous dé-
pouillez......

—Arrête, cria Mayenne dont l'œil
se ranima tout à coup et parut lancer
des éclairs; je t'ai dit que je ne suis
pas méchant; mais, par la croix de
Lorraine! modère ton langage; car
je sens en moi gronder sourdement la
colère; prends garde, moine insolent!
j'ai juré de faire quelque jour un exemple terrible, et qui serve à jamais de
leçon aux téméraires que mon indul-
gence encourage à me braver.

—Je ne crains rien, dit le religieux; n'espérez pas m'intimider. Je
ne suis pas de ceux qui transigent avec
leur devoir....

—Et dites-moi, demanda Rabastains, si l'on vous rendait votre plat
et vos chandeliers, mon vénérable?.

—Ah! répondit le prieur décon-
certé par cette interrogation sou-

daine,...... dans ce cas,.... je dois
convenir que la restitution témoigne-
rait une piété.... qui.....

—Eh! par la double croix de Lorraine! religieux de mon cœur, s'écria
Mayenne consolé, en saisissant le riche
plateau du jambon; tiens, tiens, reprends ton bien, et bénis-nous vite
ce souper : finissons-en.

—Vous faites une action de bon
chrétien et de vrai catholique, dit le
genovéfain en cachant le plat sous son
rochet; et sans répéter ici la scène
scandaleuse, que par respect pour lui-
même mon ancien ami le seigneur de
Rabastains n'aurait pas dû rappeler,
je puis, comme j'en ai reçu la faculté
de monseigneur l'évêque d'Angoulême, vous concéder, moyennant une
pauvre aumône de trente écus au
soleil, une dispense qui vous auto-
rise à manger de la viande, tous les
jours indistinctement, durant le cours

entier de cette guerre de religion.

— Dieu soit donc loué! répliqua Mayenne avec un gros soupir de soulagement. Voilà une belle parole, mon vénérable! Sacremore, fais conduire honorablement ce digne ecclésiastique chez mon trésorier, au village prochain où sont les bagages; qu'on lui paie ses trente écus, qu'il signe la dispense, à la date du jour où nous sommes entrés en campagne; et..... mangeons!

Sacremore voulut conduire lui-même le prieur jusqu'à l'endroit, près de la tour, où les lanciers albanais étaient campés. Il fit monter le religieux sur un de ses propres chevaux, le recommanda fortement à deux de ces cavaliers qu'il choisit lui-même pour l'escorter, en leur répétant à haute voix les ordres du général. Puis, après avoir donné rapidement et à la dérobée, des instructions particulières à l'un de ces Albanais, il regagna la salle du banquet, et prit place à côté de Mayenne.

CHAPITRE VI.

LE MEURTRE.

Le camp que venait de quitter Sacremore était établi devant la grande
porte du château ruiné, au milieu de
la plaine. Du côté opposé, d'Allègre
veillait au pied de la tour du beffroi.
Vingt arquebusiers, cachés derrière
des monceaux de décombres, se te-
naient prêts à répondre au premier
signal de sa voix. Armé de toutes pièces, l'épée nue à la main, assis sur les
débris des murailles renversées, il
s'efforçait de percer de ses regards
l'obscurité profonde qui couvrait les
prairies, la Charente, et, au delà, les
créneaux de Saint-Bris. Parfois, un

éclair illuminait tout à coup la scène ; d'Allègre tressaillait, son œil avide dévorait rapidement l'espace ; il y cherchait l'armure, les panaches flottans, et l'écharpe blanche des officiers de Navarre, les demoiselles, Nicolas Rieul...... Le voile retombait plus sombre encore et plus épais, avant qu'il n'eût rien découvert. Il écoutait alors plein d'anxiété, comme un chasseur à l'affût, dans l'espoir qu'un bruit, si léger qu'il fût, avertirait de loin son oreille exercée, que la proie s'avançait sans défiance au devant du coup mortel. Mais les rafales de la brise impétueuse n'apportaient jusqu'à lui que le bruissement des cimes de la forêt prochaine, qui s'entrechoquaient agitées comme les flots de la mer soulevée par l'orage.

Impatient, d'Allègre maudissait la gaieté de ses hôtes, dont les éclats pouvaient éveiller les soupçons de ceux

qu'il attendait. En effet, au moment
du départ des jeunes filles et du meunier, peu de troupes étaient encore
arrivées, et il leur avait recommandé
d'assurer la comtesse et les officiers,
qu'il allait éloigner ce petit nombre de
soldats, et ne conserver qu'une garde
fidèle, afin de protéger secrètement
leur retraite. Or, en cet instant, on
entendait, à tous les étages de la tour,
retentir les chants de la folie, et les
rires bruyans.

Mayenne et Sacremore désarmés,
et Rabastains dans son costume bizarre,
après avoir réparé d'abord à grands
coups de dents le temps perdu en né-
gociations avec le prieur des genovéfains de Tonnay, savouraient alors
avec moins de précipitation les morceaux succulens qu'ils arrosaient de
vin vieux de Bordeaux, et assaison-
naient de propos joyeux. En vain Rabastains avait-il, à diverses reprises,

témoigné un grand étonnement de
l'absence de son gentil Cristophe ; il
demandait quels soins si pressans pouvaient lui faire ainsi manquer l'heure
du repas ; Mayenne lui imposait silence d'un air mystérieux. Mais enfin ,
les valets ayant achevé leur service ,
Sacremore leur commanda de doubler
devant lui la provision de cruches et
de bouteilles , et fit ensuite sortir tout
le monde de la salle.

Dès qu'ils furent seuls, Mayenne jeta
sur Rabastains des regards déjà trou-
blés par l'ivresse ; le plaisir éclatait sur
sa face rebondie et vivement colorée :
Eh bien! mon vieux camarade , tu ne
sais donc rien? lui demanda-t-il; d'Allègre ne t'a pas mis au courant de ce
qui se passe ?

— Il m'a dit , général , que vous ne
lui refuseriez pas, pour votre vieux serviteur , le commandement de la châtellenie royale de Cognac.....

— Porte plus haut tes visées, mon brave, interrompit Mayenne en présentant à Sacremore son énorme gobelet que le favori se hâta de remplir tout entier. Oui, mon vieux camarade, nous sommes au moment d'une crise qui va produire des résultats immenses; mais, vois-tu, Rabastains, continua-t-il en approchant de ses lèvres la coupe qui contenait près d'une bouteille; regarde bien, je bois ceci au succès de la vaste entreprise; car, mon ami, dans les grandes circonstances il faut de grandes mesures.

Tandis que Sacremore et Rabastains applaudissaient à la saillie et s'apprêtaient à suivre son exemple, Mayenne sabla d'un trait le rouge-bord; et après avoir frappé fortement le gobelet sur la table, il reprit en s'animant de plus en plus, à mesure qu'il parlait : Par la croix de Lorraine! Rabastains, tu ne sais pas avec qui tu soupes, ce soir,

ni ce qui peut résulter de tout ceci.
Sacremore est au fait, mais toi, mon
vieux compagnon, tu ignores donc
encore que nous tenons le roi de Navarre traqué comme un renard dans
le château de Saint-Bris?

—Tête-dieu! cria Rabastains; c'est
un chien d'hérétique, et j'ai toujours
importuné le ciel pour en obtenir la
faveur de contribuer à la ruine de ce
méchant réprouvé. Voici donc mes
vœux exaucés!

—Le bravache! dit Sacremore. A-
t-il assez fait son rodomont en se pro-
menant, depuis dix jours, dans toute la
Guyenne à la tête d'une centaine de
lances! il se jouait de la poursuite de
Matignon, et disait hautement que le
maréchal ne l'empêcherait pas de traverser la Garonne, la Dordogne et
la Charente, quand bon lui semble-
rait, pour se rendre à La Rochelle où
il est attendu! Mais, par la messe! le

voilà dans la nasse ! certes, il ne nous croyait ni si proche, ni surtout si alertes !

—Pas si alertes ! répéta Mayenne en riant aux éclats; tu dis bien, Sacremore, mon grand ami; le maigre et pâle Béarnais s'amuse à railler sur mon embonpoint. Pauvre diable de Gascon, que la frayeur tient éveillé comme un lièvre, il ne dort pas trois ou quatre heures de suite, tout au plus, et se permet de fades plaisanteries sur cette panse de prélat et ce teint de chanoine; il badine aussi sur ce long et profond sommeil dont je dois les délices, qu'il envie, à la douce sécurité de mon heureuse position. Henri, m'assure-t-on, prétend que je suis lourd, et qu'il a toujours fait dix lieues chaque matin, avant que je ne sois à cheval. Qu'en dis-tu, Rabastains ?

—Le fat ! répondit-t-il tout indi-

gné. Que ne vous a-t-il vu marcher à
notre tête pendant ces dernières vingt-
quatre heures, avec une constance héroïque et sans prendre aucun repos !
mais, tête-dieu ! nous vous avons bien
secondé, général.

— Tout le monde a fait de son
mieux, Rabastains, et chacun en re-
cevra le prix ; mais nous ne nous ar-
rêterons pas là : demain, à notre ré-
veil, je vais prendre le commandement
des troupes de Matignon ; alors, maître
de toutes ces forces jointes aux miennes,
je somme le château de Saint-Bris , et
je m'en empare. Buvons à cette grande
victoire.

Le général engloutit alors un nouveau gobelet de vin , et ses convives
en firent autant, en criant victoire :
Oui, reprit Mayenne avec feu, je
me saisis de la personne du Béarnais
hérétique, relaps, excommunié, seul
chef un peu considérable de ce parti

des huguenots, près de tomber anéanti sous mes coups. Une fois le royaume purgé de cette peste maudite, à qui en sera la gloire, mes amis? Sur qui la France va-t-elle jeter les yeux quand la branche des Valois s'éteint faute d'héritiers?

—Sur qui? s'écria Sacremore en jurant tous les saints. Sur la noble maison de Lorraine, par la messe! sur ces braves Guises, successeurs légitimes et en ligne directe de l'empereur Charlemagne, comme l'a si bien prouvé maître Rozières dans son livre immortel, où il démontre l'usurpation manifeste de la dynastie régnante aujourd'hui, contre tout droit et toute justice.

—Et, parmi ces grands princes, ajouta Rabastains, à qui la couronne est-elle plus naturellement dévolue, je le demande, qu'à ce vaillant duc de Mayenne, ci-présent, l'amour des catholiques, le bras droit du roi Henri

III, le plus ferme rempart de la religion, le plus généreux des maîtres? Vive à jamais le duc de Mayenne, tête-dieu pleine de reliques!

Les flots de la liqueur pétillante s'élevèrent encore une fois jusqu'aux bords des énormes gobelets; on but, et cette nouvelle atteinte à la raison des trois amis acheva d'éteindre les restes mourans de la divine flamme qu'offusquaient déjà les fumées de tant de libations. Mayenne, étendant les bras, laissa retomber ses mains sur l'épaule de ses favoris qu'il regarda tour à tour d'un air attendri: Mes enfans, leur dit-il en prononçant avec difficulté, mes chers confidens, ce zèle ardent et ce dévouement à un bon maître qui vous aime auront bientôt leur récompense.

— Ah! répondit Rabastains en pleurant de reconnaissance, ah! j'étais bien assuré que l'illustre rejeton de ce bel arbre des Guises serait fécond pour nous en fruits excellens; le grand Mayenne ne sera pas injuste et partial comme ces ingrats princes Valois que j'ai servis de cœur et d'ame pendant plus de quarante ans, sans en avoir jamais reçu un carolus. Non, continua-t-il en s'échauffant, non, nous ne chanterons plus comme au camp devant Issoire, que nous prîmes à la barbe des huguenots, sous le commandement du duc d'Anjou, avant la paix de Poitiers, en 1577.....

— Que le diable emporte les dates! interrompit Sacremore.....

— Laisse-le chanter, dit Mayenne en trépignant de joie; je veux entendre son couplet.

Rabastains l'avait déjà commencé d'une voix cassée et chevrotante.

Sire, vous ne donnez à tous;
Vous ne donnez qu'à trois ou quatre.
Il vous faut donc, au lieu de nous,

Les envoyer tout seuls combattre.
D'ores-en-avant plus n'irons,
Si nous n'avons part à vos dons.

Le roi leur dit : Mes capitaines,
Vous aurez vos fièvres quartaines ;
Je ne donne qu'à mes mignons.

—Bravo ! cria Mayenne, répétons le refrain, Sacremore !

Tous trois alors firent chorus, en battant à faux la mesure sur la table, avec leurs gobelets :

Le roi leur dit : Mes capitaines,
Vous aurez vos fièvres quartaines ;
Je ne donne qu'à mes mignons.

Les chants furent interrompus par un officier porteur d'un message du maréchal de Matignon. A mesure que Mayenne lisait la dépêche, son visage s'enflammait de courroux : Qu'on aille chercher le capitaine d'Allègre, dit-il d'une voix altérée par la fureur.

Sacremore sortit, emmenant avec lui l'officier ; Mayenne s'était levé ; il se promenait en chancelant, et témoignait, par des gestes emportés et de fréquens juremens, la colère violente dont il était animé : Sais-tu bien, dit-il enfin, sais-tu, Rabastains, ce que m'écrit ce fat, ce brouillon de Matignon? Il a l'insolence de refuser tout net de se mettre sous mes ordres; il parle de reprendre à l'instant même le chemin de Bordeaux avec tout son monde, si je persiste dans ce qu'il ose appeler cette prétention.

— Tout de bon, mon général? répondit Rabastains en prenant une attitude martiale. Eh bien! je n'y vois qu'un remède. Donnez-moi sans plus de retard, et par un bon brevet, le commandement de cent hommes d'armes des vieilles ordonnances; et tête-dieu! vous verrez si je ne sais pas bien faire bouquer, et réduire à l'obéissance ce petit mutin-là !

— Cent hommes d'armes des vieilles

ordonnances! répéta Mayenne d'un air dédaigneux; y penses-tu, tête sans cervelle? c'est le train d'un maréchal de France!

— Que maudite soit donc mon étoile! s'écria Rabastains après avoir ébranlé la table d'un coup de poing qui renversa toute une rangée de bouteilles, et en se levant à son tour avec de pénibles efforts; et que maudite soit aussi, continua-t-il, l'ingratitude de mes maîtres! Comment! la première grâce que je demande...

Sacremore, en rentrant brusquement, mit un terme aux doléances de Rabastains, et annonça que l'on était à la recherche de d'Allègre. Mayenne fit part à son favori du nouvel embarras que lui suscitait la désobéissance de Matignon.

—Je vous l'avais dit, répondit durement Sacremore. C'est un ambitieux qui veut se faire de fête avec la prise du Béarnais. Il fallait suivre mes conseils, et savoir une fois embrasser un parti vigoureux; mais il en est encore temps: retirez-lui son gouvernement de Guyenne...

— Là là ! dit le général, disposer d'un gouvernement de province ! je n'oserais encore...

— Osez, par la messe ! et donnez-le-moi tout à l'heure, avec son bâton de maréchal. Je pars sur le champ avec deux mille reitres et trois cents chevaux, et avant le jour je serai à la tête de sa troupe; je vous l'envoie ici, corps-dieu ! lié et garotté, pour le jeter, s'il vous plaît, cousu dans un sac, au fond de la Charente.

— Tu me proposes toujours des partis extrêmes, Sacremore, mon ami.

— Et vous, jamais vous ne savez vous décider à rien.

— C'est que voilà bien des choses !

— Et le Béarnais! par la messe! le Béarnais! le laisserez-vous donc échapper ainsi! perdrez-vous l'occasion de vous saisir de lui? de vous frayer par ce service éclatant une route jusqu'au?...

— Buvons, Sacremore, mon ami, interrompit Mayenne en se rasseyant à table; le vin porte conseil, et tout cela me paraît moins confus la bouteille à la main : aussi bien le sommeil me gagne; et demain nos idées seront un peu plus claires.

— Eh! corps-dieu! nous n'avons que trop bu, et vous n'avez que trop dormi; c'est maintenant, ou jamais, qu'il faut agir, et se résoudre.

— Se résoudre! cela t'est bien aisé à dire...

— Et à faire, par tous les saints! mais je vois bien ce qui vous tient. C'est la crainte de me trop favoriser. Quand je me sacrifie tout entier pour vous, il vous en coûterait de m'accorder la moindre grâce...

— Eh! voilà l'enclouure véritable! interrompit Rabastains avec un cri plaintif. Ah! Sacremore! tu as touché l'endroit de la plaie, mon bon ami; tiens, ils sont tous les mêmes, ingrats et durs envers leurs meilleurs serviteurs; nous ne tirerons pas de celui-là plus que des autres, tête-dieu!

L'ivresse avait ainsi mis à nu les traits les plus saillans de ces trois caractères d'une trempe si différente. Sacremore ne déguisait plus l'âpre avidité de son ambition dévorante, l'envie qui le rongeait, et cette ame cruelle capable de tous les crimes pour atteindre à son but. Rabastains se montrait adorateur de la puissance, courtisan souple et servile, solliciteur infatigable mais inconstant, mutin, prompt à s'indigner de la moindre résistance, et à porter à une nouvelle idole son encens et ses vœux intéressés. Mayenne osait tout désirer, et sans courage pour rien entreprendre de grand, il s'élançait audacieusement jusqu'aux marches du trône et tremblait à l'idée de faire un pas de plus; il était bon par mollesse, mais d'un orgueil irritable jusqu'à la férocité. Aussi sa colère s'allumant tout-à-coup au feu de celle de ses deux compagnons de débauche, il répéta, en s'adressant à Sacremore, d'un ton dur et hautain, les derniers mots qui lui étaient échappés : Comment donc ! je craindrais, dis-tu, de t'accorder la moindre grâce ! est-ce à moi que tu fais ce reproche ?... Et ce régiment de douze enseignes dont je t'ai fait mestre-de-camp ! n'est-ce donc pas là, je te le demande, une assez grande faveur pour un homme comme toi ?

—Les hommes comme moi, répondit fièrement Sacremore, portent les hommes comme vous où on les voit s'élever, M. le duc de Mayenne, et c'est nous seuls qui les y soutenons. Tel que je suis ne m'avez-vous pas jugé digne de votre alliance?

— Cela était bon autrefois, messire de Birague, répliqua Mayenne en élevant la voix.

— Autrefois! dit Sacremore en affectant les éclats d'un rire forcé, dont le contraste avec l'expression satanique de ses yeux enflammés donnait à sa figure un aspect effrayant; autrefois est fort bon, et je le trouve tout à fait amusant. Ainsi vous vous croyez déjà trop élevé pour que je puisse atteindre jusqu'à vous?

— Voilà d'impertinentes comparaisons, maître Sacremore!

— Autrefois! me fait rire, sire Mayenne, répliqua Sacremore en s'avançant le front levé vers lui; ah! vous n'y êtes pas encore, non! et sans moi vous n'y feriez que blanchir, oui !

—Contiens ta langue, Sacremore...

— Non, vous dis-je; vous m'avez mis en gaieté, continua-t-il d'un air farouche, et je me sens en train de vous régaler aussi d'un couplet comme le seigneur Rabastains...

Et il poursuivit en chantant d'une voix de tonnerre, avec l'accent de la menace :

> Messieurs les princes lorrains,
> Vous êtes faibles des reins
> Pour la couronne débattre.
> Vous vous faites toujours battre.

Mayenne, dans un accès d'emportement qui l'étouffait, frappait à grands coups sur la table à poings fermés, s'efforçant en vain par ce bruit de couvrir les sons éclatans de l'intrépide chanteur; il lui commandait avec des cris affreux de cesser ou de craindre l'effet de sa vengeance: rien n'y faisait.

Sacremore, sous l'empire de la double ivresse du vin et de la colère, continuait avec son rire affecté, à hurler de toute la force de ses redoutables poumons :

> Prouvez-nous par vos romans
> Que venez des Carlomans ;
> Les bonnes gens, après boire,
> Quelque chose en pourront croire.

— Tu ne te tairas pas, cria Mayenne hors de lui...

— Non, répondit Sacremore :

> Quelque chose en pourront croire.....

Non, vous n'imposerez pas silence à un gentilhomme, par la messe !

— Toi, gentilhomme ! race de bâtard !

— Un bâtard de la noble maison souveraine de Bretagne, répliqua Sacremore avec orgueil, un Birague vous vaut bien, et j'épouserai votre belle-fille...

— Jamais...

— Il en est temps pour elle, je vous en donne avis, et j'ai votre parole...

— Je te la reprends donc, répondit Mayenne au dernier degré de l'exaspération, pâle de rage et la bouche écumante ; non, bien que la première fille de la duchesse de Mayenne ne soit pas de mon sang, une Villars est de trop bonne maison pour un malotru tel que toi...

— Corps-dieu! dit Sacremore en fureur, et portant la main à son épée...

— Chien maudit ! cria Mayenne en tirant rapidement sa dague.

Au même instant, et malgré les efforts de Rabastains, il se rua d'un seul bond sur Sacremore que le choc renversa, et Mayenne lui perça le sein avec le fer qu'il y laissa plongé jusqu'à la garde (d).

CHAPITRE VII.

LE TOURET - DE - NEZ.

Les domestiques, accourus au bruit, s'empressèrent de relever leur maître, tombé près de sa victime expirante, et le placèrent sur un lit de camp préparé pour lui dans un des cabinets de la salle. Epuisé par la violence des transports auxquels il s'était abandonné, et appesanti par le vin, Mayenne pouvait à peine s'exprimer, quand d'Allègre, se rendant enfin à ses ordres, vint lui demander pour quel motif il l'avait fait appeler. Le général lui remit la lettre de Matignon, puis, après l'avoir autorisé à ouvrir les autres paquets qu'on pourrait apporter jus-

qu'au jour, et à donner les ordres
nécessaires, il voulut qu'on le laissât
seul, et déclara qu'il avait besoin de
repos.

D'Allègre, chargé du commandement pendant le profond sommeil de
Mayenne, éprouva une vive contra-
riété en songeant aux embarras que lui
préparait la rivalité de Sacremore,
bouillant, fier comme lui, aussi ja-
loux de la faveur du maître, également
avide du pouvoir ; ce ne fut donc pas
sans un secret plaisir qu'il apprit la
nouvelle de sa blessure. Il savait que
le favori s'était procuré, sur la marche
du roi de Navarre, des renseignemens
qu'il avait tenus cachés au général lui-
même ; Sacremore entretenait évidem-
ment des relations secrètes avec les
chefs des huguenots, mais il paraissait
probable que ce n'était qu'un moyen
d'espionage adroitement combiné et
d'accord avec Mayenne. Le fait est que,

comme tous les hommes qui disposaient alors de quelques forces, il marchandait une trahison avec le parti contraire, tout prêt à l'abandonner ensuite pour des offres plus avantageuses.

Le capitaine d'Allègre n'était pas un champion plus sincère de la sainte union; mais, pour lui, c'était moins l'avarice et l'ambition qui le poussaient au changement, que les mouvemens impétueux de son cœur ulcéré. La religion, la ligue, la cause de la royauté, tout cela le touchait fort peu; les projets personnels de Mayenne étaient fort loin de sa pensée. La possession de la comtesse, et la vengeance qu'il brûlait de tirer de Duhallot, voilà le but que fixaient ses regards impatiens. C'était comme moyen seulement qu'il désirait s'emparer de la personne du roi de Navarre, auprès duquel il soupçonnait que Duhallot devait être, quand, avant d'arriver à Niort, Mayenne lui

avait fait part des premières dépêches
de Matignon. En effet, le maréchal
lui donnait avis qu'il poursuivait Henri
sans relâche; que ce prince, forcé de
se séparer de sa suite trop nombreuse,
pour s'échapper plus sûrement, se dirigeait vers la Charente, et qu'on avait
l'avis certain qu'il s'arrêterait à Saint-
Bris. C'est dans ces circonstances que
la lettre de Duhallot à sa sœur avait
confirmé le rapport des espions, aux
yeux de d'Allègre; mais en le laissant
dans l'incertitude si c'était cet officier
ou Philippe de Rieux qui accompa-
gnait le roi de Navarre. Il s'était donc
bien gardé de révéler à Mayenne
cette circonstance, sur laquelle il avait
bâti le plan particulier dont l'exécution devait faire tomber le prince entre
ses mains, la nuit même, tandis que
Matignon, Sacremore, et le général,
fondaient, chacun de son côté, les
plus brillantes chimères sur l'espoir de

se saisir de cette belle proie le lendemain matin.

Toutefois d'Allègre, touché du malheur d'un rival qu'il ne redoutait plus,
s'approcha du banc où Rabastains l'a-
vait fait étendre pour qu'on pût le pan-
ser commodément. L'opération était
terminée, et le blessé, quoique très
affaibli par la perte de son sang, paraissait fort animé, en donnant à voix
basse des ordres à son lieutenant. D'Allègre fit éloigner cet officier, et tous
ceux qui se trouvaient près de là, à
l'exception de Rabastains assis à côté
du banc, et tenant la main de son pauvre camarade.

— Viens, Cristophe, lui dit Sacremore. Vois de quel prix je paie aujourd'hui cette faveur que tu m'enviais!
et quelle est la récompense que les
grands gardent à nos services. Ah! si
le ciel me conserve la vie, je fais le
serment de la dévouer toute à la ven-

geance d'un si lâche assassinat.........

— Capitaine Sacremore, interrompit d'Allègre, calmez vos esprits agités ; ces transports ne peuvent qu'irriter votre mal. Ce ne sera rien, continua-t-il, en jugeant qu'il n'avait plus que peu d'heures à respirer ; mais de grâce, avant de vous livrer au repos dont vous avez besoin, ne pouvez-vous m'aider de vos conseils, afin que je m'acquitte de mon mieux du service dont le général m'a chargé ? Vous avez peut-être des notes, des rapports sur la marche de l'ennemi ?

— De l'ennemi ! répéta Sacremore en grinçant des dents ; c'est ici qu'est l'ennemi. Je n'en connais plus d'autre que Mayenne.

— Bon Sacremore, mon ami, dit Rabastains, veux-tu donc aussi te bander contre ton roi et la sainte ligue, et imiter ces tourneurs et retourneurs de casaques qu'on voit, par le temps qui court, changer d'écharpe et de parti deux ou trois fois le jour?

— D'où vient ce langage, Rabastains? demanda Sacremore furieux; que veux-tu faire entendre?

— Cela ne signifie rien du tout, reprit d'Allègre impatienté; ne connaissez-vous pas notre ami? Ecoutez-moi, Sacremore; je désire savoir seulement si vous êtes instruit du nom des officiers qui sont en ce moment auprès du roi de Navarre.

— Vous aussi, répliqua Sacremore en fixant sur lui des regards indignés. Pourquoi ces questions? Vous avez sans doute un dessein?

— Aucun, capitaine, si ce n'est de savoir si vous connaissez Duhallot et de Rieux, et si vous croyez que ce soit...

— Oui, répondit Sacremore avec un rire amer, oui, je les connais tous deux, et depuis plusieurs années; je ne prétends pas le nier, mais vous ne

saurez rien de plus; capitaine d'Allègre, il faut se lever plus matin pour me
prendre sans vert.

— Quelle est votre idée, Sacremore?

— Que c'est Mayenne qui vous a
dicté cette leçon, d'Allègre, mon ami,
et que je ne répondrai pas une parole
à vos demandes artificieuses, si ce n'est
que Duhallot et de Rieux sont mes amis,
et plût à Dieu que j'eusse écouté dès
long-temps leurs conseils!

Un sergent de reitres entra en ce
moment dans la salle, d'un air effaré,
en demandant à parler au général. Il
s'avançait à grands pas vers d'Allègre,
mais, à la vue de Rabastains, le sergent resta immobile et muet d'étonnement. En vain d'Allègre le pres-
sait de parler; le jeune homme, les
yeux fixés sur le *touret de nez* du
héros de Cérisolles, semblait ne pouvoir en détacher ses regards. Tête-
dieu! petit compagnon, mon ami, lui

dit Rabastains très choqué de cette
impertinence; je voudrais bien savoir
ce que les nobles cicatrices d'un vété-
ran ont de si étrange aux yeux d'un
vrai soldat?

— Tertaif! s'écria enfin le reitre
en reculant, les cheveux hérissés d'effroi, si ce que je fiens te foir tans la pois
te Tonnay il était pas une apparition
tu témon, pien'sûr ceci il est une fision
tiapolique!

— Une vision diabolique! répéta
Rabastains en tirant son épée......

— Arrêtez, mon brave ami, lui dit
d'Allègre. C'est à moi de faire punir
cet excès d'insolence; qu'on appelle le
prévot......

Il n'avait pas achevé, quand l'un des
lanciers que Sacremore avait donnés
pour escorte au prieur des genovéfains,
écartant brutalement la foule, s'approcha de d'Allègre et le supplia d'entendre son rapport. Le capitaine fit

alors un mouvement qui découvrit Ra
bastains aux yeux du nouveau venu:
Per la sangue del papa ! s'écria l'Al
banais épouvanté, en présentant l
pointe de sa lance au visage du vété
ran, *per dio ! sei tu il diavolo ?*

— Moi, le diable ! reprit Rabastains
en fureur ; est-ce donc une gageure,
et ce chien de baragouineux veut-i
aussi se faire pendre ?

Tout à coup sa voix fut couverte
par celle du prieur qui conjurait le
officiers de lui faire place, et demandai
à grand bruit aide et protection. O
s'écarta : le génovéfain paraissait hor
de lui ; la tête nue, les cheveux en dé
sordre, il avait son rochet déchiré, s
soutane blanche souillée de sang ; ce
témoins muets des dangers que venai
de courir le saint prêtre, parlaient plus
éloquemment encore que ses plaintes
douloureuses, et faisaient plus d'im
pression sur les cœurs. Tout le monde

www.ingramcontent.com/pod-product-compliance
Lightning Source LLC
Chambersburg PA
CBHW051826020726
47502CB00005B/1650